U0028065

無法成為
你期待的樣子，
我不抱歉

肆一

只 要 是 自 己 就 好

有些時候，我們受了傷自己卻不知道。

可能是因為不張揚，也可能是因為習以為常。痛只要夠久了，就會成為自己的一部分，甚至渾然不覺。然而這並不表示它們不存在。時常這樣的傷不是外在的，而是住在心裡頭的，它們總會在自己無法預期的時刻以不一樣的面貌出現，就像是有時候你會生氣，但並不清楚自己為何如此；又或者是某些片刻悶悶不樂，但遍尋不到原因。

我時常想起，在歡樂喧譁的 KTV 包廂中，卻感覺自己周圍悄然無聲的畫面。活著，卻沒有真實感。

在漫漫的人生道路上，我們都不是獨自長大，迫切地想被喜歡、著急地想被認同，外界的眼光築起了自己的世界，而你活在裡面。就因為這樣，日復一日也模糊了自己。

心裡有所感受，卻從沒問過自己，最後熬成了傷疤。毫無所覺地背負著他人的期許，沒替自己完成過什麼，就這樣成年長大了，於是也學會開始對日子、對自己不期不待。到後來連開心時都感覺空虛。

　　可是，人會感到幸福，不單是因為快樂的事情，更多的是，在即使覺得辛苦的時刻，仍能感受到幸福。能夠期待自己，就是這樣的東西。

　　去年，由自己書籍改編的電影《可不可以，你也剛好喜歡我》上映了，那是在自己的夢想界線之外的夢想。一連串忙碌緊湊的電影宣傳活動，那兩個多月的時間，時間幾乎都是被戲院與住家兩處所占據，再無其他。而在宣傳結束之後，突然感覺自己空了，也寫不出東西了。像是一口氣將身上全部的東西都傾倒出來似，自己什麼都不剩了。這幾年來，一直維持著寫作的習慣，但電影使其產生了斷裂。這個夢想外

的夢想，不只是在銀幕上產生了作用。

可是正因為這樣的空蕩蕩感受，反而強迫自己停了下來，能夠有時間整頓釐清自己，為何偶而會有自己也不明所以的情緒感受？抑或是那些對於自己生活的樣態摸索？因為歇息了，有些東西反而清晰了；因為靜止了，所以不得不直視了。一直以來，自己以為的自己是什麼樣子呢？於是萌生了書寫《無法成為你期待的樣子，我不抱歉》的念頭。

這本書是對自己及自己以外的一個梳理，那些清晰且確切的，還有一些仍舊在等待著不明瞭的。所謂「自己的模樣」，仍在進行當中，唯一確定的是只能靠自己去探尋。

同時對自己來說，此書也是目前所有作品中最難產的一本，繼續書寫自己熟悉的東西是一個選擇，可自己仍想要在不變裡頭試圖尋找可變。不是推翻以前的自己，而是用以前

的自己作為基礎，再更新疊加些什麼。因此跟出版社來回溝通了許多次內容方向，就連目次也試了大概五個版本才是現在的樣子，非常感激不厭其煩給予協助與信任的出版社夥伴。

　　不知不覺中，已經是第十四本書了，仍是感到不可思議，希望你們會喜歡這本書，並且有所獲。也希望這次你們可以在其中，看到熟悉卻又有點不一樣的肆一。謝謝始終支持著我的你，莫大的榮幸，我會一直惦記著。

　　進行這本書編撰的時候，正巧看了影集《如蝶翩翩》，這是一部講述年屆七十的老爺爺學芭蕾的故事。劇中，旁人質疑地問他：「為什麼到這個年紀了，還想要學芭蕾？」而他則肯定地回答：「我想在死前能飛翔一次。」因為跳芭蕾舞是他自小的心願，不過從沒有機會成真，一直到他感覺卸下生命裡的重擔了，或是能夠去肯定時間始終有限，終於下定決心再把這個夢想拾回，成就最初所想望的自己。

不管到了什麼年紀，還能期待著自己、還有想完成的事，是多麼美好的一件事。

　　長大的路上，不管如何修修改改或塗塗抹抹，難免犯錯，流淚也罷，愛人或被愛，都願你只要是自己就好。無需是他人眼中期待的樣子，受屬於自己的傷、用適合自己的步調前進，能以真實的模樣生活著。成為自己，任何時候都沒有所謂太遲。

　　做自己，或許很難、很辛苦，但終會值得。
　　始終要相信，你有讓自己能幸福的能力。

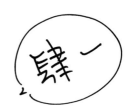

目　次

25.8℃ 白露｜自己喜歡的樣子

輯二

22.4°C 霜降 │ 做自己包含了痛楚

輯三

17.3°C 驚蟄 │ 我們都是被愛著

輯五

24.7°C 芒種｜我在右邊收藏一句再見

輯一

25.8°C
白露

——

「八月節……陰氣漸重，露凝而白也。」

《月令七十二候集解》

樣子 自己喜歡的

人們眼中所看見的你，
其實更多是他們所期許的你的樣子。

彷彿自己並不重要

我們都是在不知不覺中改變成今天的樣子吧。

在某個深夜裡，沒來由地突然想起以前的事，那些記憶存放在大腦中，既像是真的也像是假的，朦朧而恍惚，摸不著也觸不到。可它們卻都是貨真價實的存在。年紀比較小的時候曾經憧憬過許多的未來，多數是光鮮亮麗，會想要做這些、做那些，成為這個或那個，聚光燈般明亮炙熱的日子。但仔細想想，似乎從來都沒有思考過自己想要變成什麼模樣，想要的所有都跟外在有關，而跟自己內心無關。

彷彿自己並不重要。

過分在意他人的話，築起一面銅牆鐵壁，稍稍一點耳語就崩裂。過度膨脹又極度脆弱的自我，只是當時自己都沒意識到。那是一個漫長的過渡，覺得自己無比重要，可是比起相信自己，反而更把他人的話擺進心裡。其實沒有自信，急迫地想要被愛。

可我們終究還是長成了現在的樣子。有時候會覺得，這一切與現實連結並不深，我們會不斷遭遇事情，不斷擁有與失去，終究會長大，有天終究會站在現在的地方回頭看過去的自己。而在十年或更遙遠的之後，也是這樣吧。

在成長的過程中，會經歷過篩選與汰換，包含了劇烈的疼痛，長大往往伴隨著痠楚，而那些損傷終會匯集成自己身上的一部分，成為今天的樣子。所謂的「自己」，原來同時包含著好的與壞的，它們其實是同一件事。

不過現在的自己或許還是跟以前有點不同了，除了留下來的，還有一些是跟以前不再相同的部分。而在那麼多留不住裡頭，沒想到的是有些傷口能長出花朵。那些黑暗裡的光都是真的，只是往往需要往自己身上鑿。

生理上的青春期只有數載，心理上的長大卻可能是一輩子的事。此刻都會成為回憶，來日不方長，且行且珍惜。

自
己
喜
歡
的
樣
子

自己
喜歡
的
樣子

無法成為你期待的樣子，我不抱歉

有時候會難以感受到快樂，但自己並不知道原因。

在那樣的時刻，無論參加多少聚會、跟多少人見面、聽多少笑話都於事無補，就連原本會讓自己開心的事也提不起勁，只是感覺鬱悶。像是有人用力擠壓著自己的胸口，將氧氣推出身體，同時也感到空洞。你不明白自己為何快樂不起來，但卻真切地感受到不快樂的氣息包裹著自己。

「好像不再是自己，有時不知道自己是為何而努力？」偶爾這樣的提問會冒了出來。「你現在很好了，就是想太多了才會這樣。」也會聽到這樣的回答。於是疑惑被打了死結，丟到角落，不存在的問題不要自找麻煩。可是心裡始終有隱隱的疑惑不時浮現，像鯨魚探出水面，一口吃掉你的快樂。

等到長更大一點才理解到，每個人或多或少都是背負著他人的期待而活著。即使是沒有明確地指出期待，但並不表示不存在。它們可能是以各式各樣的形式發生於自己生命的周圍，一個眼神或者一個暗示，像是被空氣裡的塵埃包裹著，

不彰顯，可在某一個時刻透過斜斜灑落的陽光，你看見了它們在窗邊輕輕飄揚擺盪著。

　　就如同我們的毫無覺察，時常他人加諸在自己身上的期待也可能就只是這樣。但無論再如何輕巧，都會在心裡堆疊成重量，像是指腹畫過窗角的灰。那些累積，最終都會有所感受。

　　後來讀到完形心理學中所謂的「內攝（introjection）」，意思是「不假思索地接收了他人的標準、期待、評價，並不自覺地將它們拿來作為自己的生活依據」。於是那些難以言喻的不快樂有了一些說明。

　　要成為什麼樣子？什麼樣的話語才適切、什麼的舉止才稱得上值得被誇讚？又或是在什麼樣的年紀該有怎樣的姿態……在成長的過程中，這些期待以或快或慢的速度推擠著自己前進，越是在意的人力道越是大，而在來不及允許的狀態下，便已經內化入身體裡，成為自己的一部分。就像是衛星

自己
喜歡
的
樣子

接收肉眼看不到的訊號，你收納了這些應該與不應該。人們眼中所看見的你，其實更多是他們所期許的你的樣子。

　　於是從小到大，我們會習以為常地扮演各式各樣的存在，小時候當個乖巧的孩子；長大後成為一個稱職的成人，把聽話當成是讚美。面目模糊。也幾乎無意識地為了多討人喜歡一點，展示了不夠真心的言行舉止、壓縮了真實的感受，而它們最後都像石頭一樣重壓在心上。

　　天黑不是一個瞬間發生的事，而是緩慢漸進的過程，造就了自己的不快樂。小一點的時候感受較不明顯，可是長大之後卻掩飾不了。

　　甚至有些時候，是把自以為的期待加諸在自己身上，想像了別人對自己的盼望。被馴化的自己。然而不管是哪一種，都只是說明自己忽略了自己的聲音。因而在那些種種的必須與應該當中，即使拚了命的努力著，仍感覺一切都沒意義。不像是自己的自己，就連痛苦了也毫無意識，於是快樂

自己
喜歡
的
樣子

自然毫無滋味。

因為這樣理解到了，於是後來得以學著多正視自己的感受一點。並非不再在乎他人，而是不再在乎那麼多，可以自己挑揀決定。

生活著就是人際關係，在意他人也無可避免，就因如此，才更需要一直提醒自己，盡量不辜負他人，但也別只是為別人的需求而努力。因為你的人生是自己的。走過很長的時間才能肯定，無論別人怎麼評價自己，最重要的始終仍是自己如何看待自己，再親密的人也無法擁有你的人生。

學著在兵荒馬亂的人生裡，把自己當成一個獨立的個體看待，與他人建立關係，同時完好自己。成為自己想望的模樣，找尋屬於自己的意義，過程中或碰撞或茫然或挫敗，最後才得以長出力量，然後再用它來支撐自己的生命。

承擔疼痛，快樂終於能夠變得堅固。

最終，我們只能誠實地看待自己的樣貌，即使必須包含著伴隨而來的失望。長得像是自己，是對自己的負責。無法成為別人期待的樣子，無需抱歉。我們都要盡可能去成全自己喜歡的樣子。

自己
喜歡
的
樣子

你在心裡好好的

嘿，
請別害怕自己有天會忘記一個人，
因而想要努力留住。

真正擺進心裡的人，
不會那麼容易遺忘。

人與人之間的默契，
並不是靠一句話幾個動作就能建立起來，
而是彼此曾經認真對待過，
那種用心會很深地烙印在心中，
不會輕易就抹去。

那些住在心中的人都在心裡好好的，
即使距離拉遠了，
也會陪你以後的每個日子。

自己
喜歡
的
樣子

不完美的好

可能在每個人的心裡都有個無法在一起的人，
想起來會覺得遺憾，才會頻頻回首。

可是，
即使心裡住著一個人，
也並不表示你們非要在一起不可。

而是，
他的存在證明了愛的可能，
他讓你可以有機會，
懷抱著這樣的信念再去愛另一個人。

每個人的人生都不可能完美無缺，
但人生也不一定要完美才可以過得好。
不要去追求完美的好，
盡力讓自己好，就好。

自己
喜歡
的
樣子

包容著不完美

在幾次的活動中，常會被問到一個問題：「怎麼樣叫喜歡自己？」

要喜歡到什麼程度才算數？是否會是一種任性？一種揮霍？許多人以為，所謂的「喜歡自己」是指去做自己喜歡的事、不間斷地讓自己感到開心，只要取悅自己就好了。開心與否跟喜歡自己畫上了等號。以前我也曾經這樣以為。而對現在的我來說，「喜歡自己」其實意思更趨近於「接受全部的自己」。

美是好的，多數人都喜歡可口的話語，入口即化的甜美會溫熱了心臟。因此，要喜歡自己的優點相對簡單，因為那是一個可以誇讚的部分，很輕易就能夠接受，無需費力；而更重要的是，藉由透過它們所獲得的肯定，會讓我們感覺自己值得被愛。

於是我們會翻遍自己的裡外，竭盡心力找出自己能夠炫耀的東西。就因為這樣，要喜歡自己的缺點變得困難重重，

時常做得最多的是藏起來，只要不看到就清淨。或許，這也是潛意識裡我們總希望自己能夠完美的緣故。沒有人會喜歡不被喜歡的自己，太辛勞也太刻苦地活著容易叫人喪志。

然而只喜歡優點部分的自己，其實並不完整。

這樣的理解轉變，大概是來自於對完美定義的改變。「你連缺點都剛剛好。」曾經在某處看過這樣一個句子，原來其實完美是包含著不完美在其中。當擁抱自己所有的同時，就像世界是一個巨大的容器，而你被輕輕柔柔地托住。世界上沒有一個人是只擁有優點的存在，就因為這樣，反過來說也沒有一個人只擁有缺點，每個人都是好壞混雜在一起，這也成了我們的獨特性。我應該是我，而不會是你。

而「愛自己」的其中一個大前提，便是學會「辨識自己」。

在喜歡自己優點的同時，也要學著去喜歡自己不夠好的地方，承認自己有做得到、也有做不到的事。可這並不是要

自己
喜歡
的
樣子

自己不去變得更好，而是不再要求自己毫無瑕疵，如此才能長出力量跟自己處得好。當能夠跟自己的不完美和平相處了，就能夠開始喜歡自己。

　　在反覆檢視自己的過程中，或許就像是含了顆怪味的雷根糖，滋味如何只有自己知道，但有天能夠肯定即使是壞味道都是屬於自己的，我們終於得以長大成人。

自己
喜歡
的
樣子

自
己
喜
歡
的
樣
子

即使會哭泣，也不要忘記簡單喜歡一個人的心意

「即使會哭泣，也不要忘記心中那份，簡單喜歡著一個人的心意。」

在電影《可不可以，你也剛好喜歡我》正式上映前，由於電影名的關係，電影公司舉辦了一場名為「告白場」的活動，特別徵求大家帶自己喜歡的人來看電影，並可以在對方面前告白。其中有一個女孩令我印象深刻，她幾乎是講了兩句話就哭了。

「等下你要準備幾句安慰人的話喔。」活動開始前，工作人員特地跑過來輕聲跟我說。

「不是告白活動嗎？不是應該甜蜜？」我有點疑惑。

「剛剛開場前，有個觀眾在影廳門口嚎啕大哭了。」

「發生什麼事？」我有點嚇一跳。

「因為她約好要來的朋友爽約了。」

「天啊，好傷心啊。」

「不過她最後還是選擇進去看電影了。」最後工作人員這樣說。

但並不是因為她的眼淚所以才印象深刻，終究是她的勇敢。即使是紅著眼眶，女孩最後仍選擇去觀看這部可能會成為日後她傷心印記的電影，甚至是電影結束後仍願意站到台前表達自己的心情，當時她又哭了一次，可我卻覺得很感動。

　　記起了曾經那麼膽怯顫抖的日子，都有過那樣一段時期，張望著光，卻害怕被熱給灼傷。把自己藏了起來，但內心最期待的卻是被發現，於是用了愚笨的方法去展示自己。最後仍是無可避免地受了傷。可是常常就是非得這樣經歷過，才能夠漸漸不亢不卑地喜歡與被喜歡。

　　「告白」之所以珍貴，並不是因為成功了，而僅僅是，你鼓起勇氣向對方袒露了自己的心意。這件事最是珍貴。這與成不成功毫無關係，即使失敗了，也無損其可貴。更不要因為結果而否定了自己的好。於是我這樣說。

　　有日回頭看，每件傷心只會是自己長長人生當中，其中一個小點而已。就像是一件件懸掛著的濕答答衣服，會有不

自己
喜歡
的
樣子

再潮濕的一天。因此，不要只記得事情的壞，去記住裡頭好的部分，例如，擁有如此簡單心意的自己。

那種默默注視一個人、偷偷關心一個人，想要對他好、讓他知道的心情，請牢牢記住，不要讓它消失。因為這樣的簡單，才能給自己繼續愛的勇氣。

願我們都能好好守護那個對愛仍保有期待的自己。

自
己
喜
歡
的
樣
子

答 案

或許，
人生就是一連串遺忘與記起的過程。

我們會遺忘一些人，
我們也會被人所遺忘。
然後在某天記起時，
才發現他教會了自己許多事情，
而這些經歷都讓我們擁有了前進的能力。
才抵達今天。

最終，
每個人的人生都是自己的，
只能自己選擇想要去的方向，
最後也只有自己能為自己負責。

試著用那些在路上所得到的力量去解答自己的人生，
填上屬於自己的答案。

輯一　25.8°C ── 白露

自己
喜歡
的
樣子

自己
喜歡
的
樣子

日子不長不短，願你像自己

這幾天才意識到，自己成為一個專職的寫作人，已經有幾年的時間。

從離開學校開始工作以來，這是最長一段時間的留白，像是原本被填滿的行事曆突然空白了一樣。「數年」說出來自己都覺得有點駭人，幾百個日子誒，但是真實在過著卻是很快。快到像是當意識到的時候，已經過了一樣。

當每天被各式各樣的事情給裝滿時，時間會過得飛快；可當你每天日子都屬於自己，覺得可以完全地擁有時間時，其實也是一樣。時間的陷阱。

「雖然已經不上班這麼久了，但總覺得沒有真正地休息過。」之前跟朋友聊天時，我這樣說。
「但你明明去了埃及，也去歐洲、日本旅行了。」他回。
「就是這樣，我才更覺得自己沒有停下來過。」除了旅行，開始運動健身、看劇，還出幾本新書及參與電影製作，而中間的書寫也沒停過。

然而休息就等於是停下來嗎？其實我也疑惑著。

每個人的生命裡似乎都會有一段陷在泥沼的日子，生活像是潮濕綿密的泥土緊緊錮住自己的雙腳。感覺動彈不得，但同時也感受到許多可能正在外面不斷發生，只是沒有發生在自己的身上。有時候停下來比前進叫人感覺更疲憊。

同時也就因為時間全然都是自己的了，更加意識到自己多少被網路給綁架了。過於專注別人的生活，就忽略了自己的日子。

所謂的「步調」是怎麼一回事呢？只要自己覺得開心就好了吧。可是總覺得還少了什麼，或者應該是說，有時候開心因為無所節制，到了後來就成了不開心，而真正的開心並不應該是這樣。即使是對自己負責，也會因為心情而異。

人生是一連串的解答題，解開了這一道還有下一道，或

自己
喜歡
的
樣子

是你以為已經找到答案了，但其實並沒有。問題會翻轉出另一個問題。但也更或者是，有些題目並不是要我們全部都去解開，只是要去經歷而已。經歷它們，然後從裡頭找回一些被打散的自己。

　　而人生除了開心之外，一定還隱藏了些什麼在其中吧。但我還不知道它是什麼，可能某天某刻某個不經意的轉角它就會出現了也說不定。甚至是，有時候你並不知道自己在追尋什麼，或是我總懷抱著期許，它會在某個地方悄然出現。

　　還不完全確定人生是怎麼一回事，可能也永遠無法確定，但我卻相信，不管未來是怎樣，都要試著找出自己的步調去前進。

　　日子不長不短，但裡頭總有自己能夠做的事。願我們都能像自己。

自己
喜歡
的
樣子

包括了幸福

有時候，
你會因為覺得對方配得上比自己更好的人而放棄，
但其實更多的只是對自己不夠有信心。

我們常常會覺得自己不夠好，
配不上好的事物。

可是我會覺得，
你值得那些你所想要的，
其中包括了幸福。

没有回應不是答案

再難，你也要試著做做看。

不一定會成功、不一定結果會如預期，
這世上不如意事太多，
只是，這些都是要試了才會知道答案。

例如，
離開一個不愛自己的人、珍惜自己的好，
還有不再無止境地替他找藉口……

不要只是等待著，
沒有回應不是答案。
再難也請試著做做看吧。

也能夠很溫柔

因為一個人走了太久，
所以時常忘了有人可以依靠的感覺是什麼，
就像是很長的冬日，叫人忘了陽光的氣味。

但你不是抗拒兩個人，
而是知道到最後不管是誰都只能一個人走。

有人陪很好，
但若在一起不能快樂，你寧願一個人。

你可以很堅強、也能夠很溫柔，

但最重要的是，
無論如何你都會讓自己好好的。

自
己
的
樣
子
喜
歡

各自的辛苦

接到父親開刀住院的消息時，你正點著菸，坐在海邊的長椅上吹著海風發呆。

不知道是因為波光粼粼的潮水，還是因為噩耗，一瞬間感到有點頭暈目眩。等到回過神來，已經身處在台大醫院的門口。兩步併一步快速地奔上階梯，唰——電動門開啟，沁涼的冷氣與刺鼻的藥水味迎面而來。

「爸他怎樣了？」在手術室門口的椅子上，你看到了弟弟的身影，急急地衝過去。

他只是抬起頭瞟了自己一眼，沒吐出一句話。

「你來啦。」母親的聲音從背後傳來。

「媽，爸還好嗎？」你轉身詢問母親，此時她的手上正拿著兩杯咖啡，弟弟不發一語接過其中一杯，起身站在一側。

「髖關節骨折，正在開刀……」母親看著弟弟在角落的身影回答著，彷彿患有疾病的是他似的。好半晌她才轉過頭來看著你：「你曬黑不少。」

「東部太陽很大。」

「頭髮也留長了。」母親拉著你坐下，仔細端詳著你的

自己
喜歡
的
樣子

臉龐。

「一年只理一次頭髮。」你摸著後腦勺靦腆地說：「省事就好。」

「很忙？」母親輕皺著眉毛疑惑著。

「不是、不是……」你連忙解釋：「只是沒必要而已。」語畢突然感到臉上一陣燥熱，於是趕緊轉換話題：「爸是怎麼回事？」

「老人病，骨質疏鬆，一直有在吃藥與復健，但你爸愛面子就是不肯用拐杖，所以今天上午不小心跌倒了。」

「好幾年了？怎麼沒有人跟我說？」你有點驚訝。

「你是誰？有必要告訴你嗎？」弟弟的聲音突然插入。

你順著聲音，仰起頭看著站在一旁的弟弟，突然覺得他長大好多，跟你印象中不太一樣了，不再是記憶中那個莽撞的少年。此時的他已經是複雜的樣貌，在他身上你似乎看到了以前的自己，也想起了自己小時候仰望父親的模樣。

人的一瞬間長大，是發現對方不是自己認定的樣子。

「小至。」母親出言喝止。

弟弟聞言閉上嘴巴，母親則是拍了拍你的手背。

◆ ◆ ◆

聯絡你父親開刀一事的，是母親。

與多數家庭類似，家裡的分工向來都是嚴父慈母。身為長子，自小就被懷抱著期許，父親盯得嚴，你的考試從來沒有低於九十分過，高中畢業後也高分考上第一學府，放榜那天父親在家裡擺了流水席；接著是研究所、然後進入美商工作⋯⋯可謂是人生勝利組。家中是老牌的食品行，父親一直希望你在外面打滾幾年後，可以利用所學回家繼承家業。

「你要認真讀書，以後公司就是你的。」自你有記憶起，父親不止一次這樣說。

然而在這看似一帆風順的生命裡，其實布滿著低氣壓，是母親成為你的保護罩。在那些被學業與被賦予的驕傲使命中，每每喘不過氣，都是母親給了你喘息的去處。「考不好也沒關係。」她總是這樣說。相較於父親的嚴肅蠻橫，母親更是連結起整個家。就像是現在。

在離家的這幾個年頭中，與這個家中唯一還有關聯的也是母親。季節轉變時、逢年過節時或是你的生日時，總會收到她捎來的消息，內容多是關懷體貼，從來都沒有問過一句：「何時回家？」

父親把目光放在遙遠的以後，而母親則是現在。

「陳中名的家屬。」廣播傳來父親的名字，電子螢幕上

顯示著「手術完成」。

　　你們全部擠了上去，七嘴八舌急急地詢問：「開刀順利嗎？狀況怎麼樣？」「手術很順利，但要先轉到麻醉恢復室，幾個小時後就可以轉入病房了。」護理師這樣回答。你們都鬆了一口氣。

　　兩個小時後，父親被推出恢復室，意識還未完全清楚，蒼白的臉孔不若你印象中朝氣蓬勃的樣子。

　　「我去透透氣。」弟弟轉身踏出病房。

　　「媽，我也出去一下。」你向母親示意後，也跟著離開。

　　在大門口找到了弟弟，你遞過香菸，他舉起手中的咖啡搖了搖手拒絕。

　　「什麼時候戒菸的？」你有點訝異，在印象中，他從國中開始就菸不離手。

　　「你離開的時候。」弟弟瞅了你一眼，彷彿在決定要不要搭話似的，沉默半晌後才幽幽地回答。「你呢？什麼時候開始抽菸了？」

　　「我離開的時候。」語畢兩人都輕笑了出來。「聽說你把家裡生意經營得有聲有色。」

　　「爸說的？」弟弟反問，但看到你的表情後隨即改口：「喔，是媽。可以猜到。」

　　「為什麼這樣說？」

自己
喜歡
的
樣子

「沒什麼。」

「謝謝你一直照顧爸媽。」

「他們是我爸媽啊。」

「有什麼需要我協助的……」

「你只要去做自己想做的事就好了。」弟弟堅定地打斷話：「當初不就是因為這樣才離開的嗎？」

「我沒有離開……」

「你只是想過自己想要過的生活。」弟弟一臉冷漠地吐出這句話。

● ● ●

只是想過自己想要過的生活。四年前那晚你吐出的決裂字句言猶在耳。

「你知不知道，今天有同事從公司頂樓跳了下去？死了耶，死了，不是什麼愚人節玩笑！」你吼著，滿臉漲紅。

他留下的遺言只寫著短短一句話：活著好累，不知道自己為何而活？猶如當頭棒喝。

「別人死了關你什麼事！」父親也一臉盛怒：「好，你要離職可以，那就回來接家業，反正遲早都是要接的。」

「這些都是你說的！」你一把掃落桌上的物品，一旁的

母親發出一聲驚叫。「我從小就什麼都聽你的，讀書上好學校找一份好工作，我受夠了。我都不想要！」

「不上班、也不繼承家業，那你想做什麼？好，那你說看看，我倒是想聽聽，你說啊。」

「我還不知道，我想先沉澱一下……我喜歡海，也想去學衝浪……」

「荒唐！」父親大吼打斷：「我辛辛苦苦賺錢讓你讀書、栽培你，不是為了讓你無所事事，更不是要讓你去學什麼鬼衝浪！」

「我也有自己想要過的生活！」你忿忿地說，雙眼直視著父親盛滿的怒氣。

「你的生活有什麼問題，你他媽的我就是讓你不愁吃穿過得太好！」父親不甘示弱吼了回來。

「我不想要再過你希望的人生。」最後你這樣說，轉身就想步出家門。

「你敢踏出大門一步，就不要再回來！」父親狂亂喊著。

你轉頭看到在一旁發抖的弟弟與掩面哭泣的母親，此回她再也無法替你擋下槍林彈雨了。你朝她深深一鞠躬之後，頭也不回離開這個家。

這一走就是一千多個日子，父母的生日沒回來、弟弟喜

自己
喜歡
的
樣子

宴也缺席，就連姪女出生了也是，期間跟家的關聯只有與母親的聯繫，你試圖聯絡過弟弟，統統是已讀不回。

你與弟弟向來不親，你們是天差地遠的差別，從小你一向乖巧學業好、而他則是不學無術，父親常說你們根本不像是同個父母生出來的孩子。弟弟不止在一次鬧事後，哭喊著：「反正我也不像你的孩子，都不要管我。」你則是把耳機裡的音樂開到最大聲，埋首在書本裡。

你曾經以為，你跟他是永遠沒有交集的兩條平行線，沒想到在那一夜你們交叉了。後來你成了父親眼中的不務正業，而弟弟不僅成了家還撐起了家裡的事業。他過起了原本你該過的生活，連菸都戒了。

「你不知道，不被期待也是很累的事吧。」弟弟啜了一口咖啡，突然這樣說。

你搖了搖頭，自始至終你都知道父親對自己的不諒解，卻沒想到弟弟也是。一直以來，都因為背負期待而努力辛苦著的你，當時只在乎父親，後來在乎自己，卻從來都沒有想過他的感受。你們是真的不親吧。就像是今天在手術室外，你好像才第一次真正看見了弟弟的模樣似的。

也到了此刻你才明白，原來他不是繼承了自己的位置、更不是替代品，而是你們各自待到原本該在的地方。

沒有誰的人生能夠與誰的互換，不過是互相歸位罷了。

自己
喜歡
的
樣子

「爸也辛苦吧，前半輩子煩惱你，後半煩惱我。」

「我現在過得很開心。」弟弟自顧自地說。

「我也是。」你笑著拍了拍他的肩膀：「有空來台東玩，我還沒見過姪女呢。」

「你先進去，我等喝完這杯咖啡。」沒有回答，弟弟簡單結束了對話。

回到病房時，母親正坐在一旁的椅子上整理物品，父親則已經完全清醒。

他正望著窗外的藍天，炯炯有神的雙眼一點都沒有改變，瞬間回到了你所熟悉的樣子，彷彿歲月無法在它們身上起作用。看到這樣的父親，你終於放心。

聽到開門聲，父親轉過頭，一看見是你，眼神閃過一絲訝異。還來不及說些什麼，他已經用孱弱的聲音先開了口，或者是因為時間夠久了，第一句話並不是如預期般的責罵：

「過得好嗎？」他問。

也或者，只是因為元氣還沒恢復罷了。

「不好不壞。」你誠實地回答。

不好不壞、馬馬虎虎、時晴時雨，但卻都是自己選擇的生活。

離開家之後，你用了身上僅有的存款，去了最愛的大海

旁過生活，肯定了自己真的喜歡海洋。搬過幾次地方，但都離不開海，最後在東部落了腳，經營民宿、教衝浪，日子只稱得上過得去。

渾渾噩噩原來不是生活方式，而是生活態度。

「後悔了嗎？」父親再問。

「沒有。」辛苦的日子也有過，可奇怪的是，你一次都沒有感到後悔。即使是現在。

父親聽了沒再說話，只是直直盯著自己看，虛弱的身軀配不上他的眼睛。你同樣也直視著他，如同離家的那天。只不過，此刻你再也看不出他眼裡的意涵，失望、憤怒、接受……它們現在看起來都類似。你不確定他是否變了，但肯定的是，自己已經跟那個時候不一樣了。

於是此回，你朝他輕輕點了點頭。

父親仍是沒說話，眼神始終在自己身上。

「爸，你醒了？身體還好嗎？」弟弟推門進來，見到清醒的父親趕緊趨身關心。

「你來幹嘛？小手術而已，家裡的事不用管嗎？這裡有你媽在，快回去。」父親揮揮手要他走。

「爸……」

「快回去。」

「那我晚上再來，媽麻煩您了。」弟弟應了一聲後，快

自
己
喜
歡
的
樣
子

步離開。

　　病房頓時安靜了下來，父親的視線隨即又回到窗外的藍天上。時間繼續走，改變了一些、也保留了一些，每個人都有各自的辛苦，卻也有各自的幸福。

　　順著父親的目光，你看到了窗外萬里無雲的晴朗天空，不禁想到：台東的海現在應該也很藍吧。

　　鼻腔彷彿也嗅到了海水的鹹味。

我的理想生活，裡頭包含了自己。

22.4°C

霜降

「九月中。氣肅而凝露結為霜矣。」

——《月令七十二候集解》

做自己
包含了痛楚

在這樣的路途上，即便碰撞、即便受傷，
但最終才得以變成是「自己」。

自己給自己的傷害

後來你才發現，或許最糟糕的事情其實是，你並不知道自己在傷害自己。

你已經習慣那樣去愛人了，吵了架，就先低頭；不開心了，就道歉；他走遠了，就快步跟上……你不想跟他計較，愛情比面子重要，吵架會吵掉感情。若你的先示好可以換來感情和睦，收穫就比失去多。你一直都是這樣想，在電視、報章雜誌上也看過無數次類似的報導，那些能夠相處得夠久的戀人，都是靠這樣走過來的。好好相處，是愛情裡的首要，關係著以後。

所以，你以為這是愛。這是愛的樣子。你以為那些冷漠、敷衍，甚至是那些偶爾無法追究的否定，都是愛情裡的一部分，所以從來沒有思考過它們對不對，只是照單全收。愛情本來就同時包含著好與壞，你知道這件事。你更以為這是一種美德，包容與忍讓都值得被誇讚，也可以讓你拿來炫耀，來日方長，現在的一切都是為了美好的以後。

你幾乎習慣了他的對待，那是你們的日常，別說好不好，就連對不對也無從辨別。當同樣的事在時間裡延伸得夠長久，就成了自然。只是，你仍隱隱覺得哪裡不對了，身體適應了冷，然而心理沒有，或許生理會騙人，然而感受卻不會，你並不快樂。

　　無論兩個人的相處方式為何？是不是外人所認同？但回歸到最後，總是為了獲得心情上的愉悅與滿足，這是愛情的本質。可你卻覺得自己像是個等待被眷顧的人，在向別人召喚愛，可是愛並不是乞求。

　　於是你也才驚覺了，這竟是愛情中的斯德哥爾摩症候群，你將他的不好當成應該，然後對他偶爾的善待懷抱著情感。原來自己所謂的「與他相處的好」，其實只是自己在配合著他的相處。

　　你因他的行動而決定自己的行動，他是你的準則依據，你以為他是你的太陽，可是其實你只是他的影子，沒有面目。

做自己
包含了
痛楚

人家說，在愛裡會忘了自己，可是你卻是沒了自己。只是當時的你並不知道，而就算知道也可能不會在意。因為愛是你的首要，你把自己擺在後面，只要有愛就好。

人的一生會遇見許多人，也可能不止與一個人相戀，全心全意是好的，但這卻不能確保自己都會遇到好的人。而在愛情中，常常最糟糕的並不是對方對自己不好，或是明知道對方不好，卻仍堅持留下，這樣的堅持至少都還是一個選擇；最可怕的是，裡頭的傷害都是自己給自己的，而且還無所察覺。

這些傷害或許不是身體上的，然而落在心上的傷其實更難痊癒，因為那關係著你對愛的信念與信任，一旦碎了就不容易痊癒。

或許我們無法阻止別人傷害自己，但至少要努力做到不是自己損害了自己；就如同我們無法決定誰會來到自己身邊，但卻可以試著做到讓誰留下，而誰又不留。

遇見對的人很難，愛情也總是不如人意，可是無論如何都不要用賠上自己去交換幸福。

　　無論再深愛一個人，也不可以把自己給丟棄，你要先學會珍視自己，才會有能力去照顧兩個人的感情。幸福很難，愛情也很不容易，但可以確定的是，要你始終傷痕累累的，不會是對的愛情。

做自己
包含了
痛楚

愛不是一個人努力的事

決定離開他的那一天你並沒有哭泣，
反而像是鬆了一口氣。
就像是放晴曬衣服的日子、或是午後的一壺熱茶，
日子仍像是尋常。

只是你不再愛他了，
因為你決定愛自己了。

這並不是什麼突然的事，
不愛一個人不會是一天所造成的。

他無法明白的事，
你再也不勉強他要懂了，
愛不是一個人努力的事，堅強才是，
而你會開始為自己做到。

最寂寞的時刻

感到最寂寞的時刻，
常常並不是因為對方不在自己的身邊，
而是當你以為自己已經走了很遠很遠了，
但原來一直以來都只是跟在他的影子後頭。

其實你不害怕寂寞，
只是還學不會堅強而已。

但有一天人總會長大，
你會離開與寂寞為伍的日子，
你會笑著跟自己說「終於好了」。

自己，並非是恆久不變的樣子

「我是誰由我自己決定，我要成為我注定該成為的人。」——《波希米亞狂想曲》

「自己」是什麼樣的一個人呢？是怎樣的一個存在呢？常常會有這樣的疑問，一邊往前方走，但卻也不斷懷疑自己是否正在前進著？抑或其實只是停滯著？

人生的解答往往需要時間才能夠得到，時常也不確定答案是否如自己所想要，過程中對自己的提問不亞於對世界的。那些不確定啊、那些質疑啊，就連不安都是一種必然，不是遺棄了什麼，而是調整了自己。可無論方法如何，也唯有上路了才能夠得到答案。

長大，其實是一種發現自己可能性的過程。

然後，在這樣的路途上，即便碰撞、即便受傷，但最終才得以變成「自己」。而自己的樣子，也會在遇到另外的人、遭遇其他的事之後，再一次變動。像是在河流中不斷滾動的

石子，即使不明顯，但其實在每一天每一刻，我們都不知不覺修改了自己。

我們口中「原本的自己」並非是恆久不變的，裡頭其實包含了變動性，以及那些經歷後所汰換下來的部分。

不過在這一切之中，不變的是總要從喜歡自己出發，沿著它往下，像是浪花順著海岸線行走，也改變了海岸，於是才能擦亮自己。不違背自己的心意，學會辨識自己有怎樣的稜角與圓潤，不貪圖便宜行事。

或者是，人生裡最大的狂想，並不是功成名就，而是你終於長成了自己想要的自己。

有時候我會想起年少的自己，任憑再怎麼用力著墨，當初自己憧憬的模樣已經模糊，我是不是當初自己設定的那個樣子呢？我遺失了解答。就因為遍尋不著，才發現，原來沒有什麼樣的自己才是正確的。

痛楚　包含了　做自己

自己是什麼樣子、什麼樣的存在，都由我們自己所定義。即使站在同樣的地方，也會產生不一樣的故事。因此，學著為自己奮力，會犯錯也會後悔，但永遠不要把它們擺在前頭，不要停止去發現自己的模樣。

　　努力不背棄自己，去看看前面的風景，以及等到那個時候站在那片土地的自己會是什麼樣子。

做
自
己
包
含
了
痛
楚

愛情也長大了

再見到他時，
你終於確認他已經不在自己的心裡面了。

他還是沒變，
他的樣貌、他那討人歡喜的小聰明都還在，
還是你喜歡的樣子。
只是，你變了。

你變得堅強了，你終於學會照顧好自己，
而不是等著愛的眷顧。

你不再在愛裡頭患得患失了。
愛還是很重要，
但再也沒有重要到要讓你放棄自己。

你長大了，愛情也長大了。

做自己
包含了
痛楚

在你覺得沒有選擇的時候，可以選擇自己

「做自己」其實是一件很抽象的事情。

之所以感覺朦朦朧朧，是因為每個人口中的「自己」都是不一樣的存在吧，所以自然沒有一個固定的樣態，也沒有一致的方法可以依循。「自己」其實是一種從模糊到堅定的過程。

可即使如此，裡頭仍有一些不變。就例如，我也相信「自己」是需要經歷過時間與事物的驗證後，才能夠得出來的結果。人生的長路上，你會遇到一些好人壞人、遭遇一些好事壞事，而它們都是篩選，幫助你明白什麼是自己需要，而什麼又不是，到最後都能夠幫助你成為自己。

看到《俗女養成記》裡的女主角「陳嘉玲」的掙扎，忍不住這樣想。即使稱不上人人稱羨，但仍擁有看似光鮮亮麗的生活，一份不錯的工作、一個不錯的未婚夫，可是在某個時刻，她卻全都丟棄了。眼前的一切看似都對了，但只有她清楚知道其實都不對；那些「不錯」都很好，可是卻不是她

所想要。許多時候，我們或許不知道自己想要什麼，但至少能夠確定什麼是不想要。

日子如常的過著走著，有時也會質疑是為了自己生活？或是為了別人？用忙碌填滿生活，可是心卻感覺空空蕩蕩的。時間成了悶悶的回音，日子永遠是隱約在嗡嗡作響。才發現努力迎合外在的期待，卻忽略了自己的聲音，花了這麼久的時間，才終於知道：別人覺得好的，不一定是對自己好。

原以為《俗女養成記》是在講一個受困的人，但到後來才發現，其實也是在講一個歸屬的故事。所謂的「歸屬」，不是指跟一個誰結了婚、去了哪裡，而是你找到了一個稱為「家」的地方，不一定是原生家庭，而是一個你不用拚了命去非要證明什麼、做些什麼，故事自然會發生的所在。

有些時候人生裡的順序是相反過來的，你要先找到自己才知道該去哪裡，可是有些時候，是當你去了一個地方，才發現自己原來在那裡。

做
自
己
包
含
了
痛
楚

人生受傷難免，去找到那個地方，讓你不怕跌倒，你所有的任性原來都是意義，它們是個堅強堡壘、柔軟棉被，在你脆弱時給你力量、受傷時借你溫暖。而這個地方裡頭，會有自己。

劇集裡頭有一段話很喜歡：「這輩子其實很長，長到你可以跌倒再站起來，作夢又醒過來；這輩子其實很短，短得你沒時間再去勉強自己，沒時間再去討厭你自己。」看到這句話時，感覺到被鼓舞著。

終其一生，我們或許無法變成他人期許的樣子，但永遠要記得，在你覺得沒有選擇的時候，你可以選擇自己。

做自己

包含了

痛楚

做自己

包含了

痛楚

不要失去對自己還有期待的心情

有時候，習慣的養成不過只是一個念頭的事。

例如，我跟運動的關係。「怎麼會突然開始去運動？」這是開始去運動健身後，身邊朋友一致的反應，我連反駁的餘地都沒有。不愛運動啊、也沒有運動神經，可以選擇的話，我也會把動腦擺在運動前面。

冠冕堂皇地說是「為了健康」，其實說不出口。當然運動對身體一定有所幫助，可是仍不足以構成強大的誘因，對我來說，其中最主要的一個原因是「想看看自己身體的改變」，例如肩膀、胸或腹部，目標不是要成為一個擁有大肌肉的人，而是想知道自己身體的可能性。

人在長大之後，還能夠去尋找自己的可能，是一件讓人欣喜的事。

一開始是入門的機械式訓練，接著使用繩索再到自由式重量訓練，運動時可以比往常更能察覺到身體的存在，例如

延展時、施力時，竭盡全身力氣舉起啞鈴時，有種「啊，肌肉原來是這樣運作」的感覺，才發現自己其實很少去感受身體。慢慢也能感受到一點樂趣。

接著，身形慢慢也有了一些改變，體重增加了幾公斤，雖不到劇烈的程度，但確實有點不同了，健身最有趣的其中一件事是：

運動健身不會騙人，只要你有付出，它就會回報予你。

不過改變這件事其實是很緩慢的、不彰顯的，就跟人生多數的事情一樣。天天看著自己的身體並沒有深刻覺得明顯不同，可久未見的朋友卻紛紛說「你變壯了」，甚至還說「長相也有點不同了」。雖然運動的是身體，但在運動過程同時臉也會用力，尤其是下顎，多少會改變臉的樣子；不過我想差異最大的，應該是氣質的改變吧。因為氣質不同了，樣子也有點不一樣了。

做自己
包含了
痛楚

然後，人會更有自信一點。不是因為別人的話語，是因為你感受到自己身體的變化，而這樣的改變也跟著會延伸到心理上頭。因為你感覺自己正在變得更好了，而僅僅是這樣的認知，就會讓你更有自信、更強韌。這是當初我沒有料想到的一個收穫。

　　有時候一件事的起點，並不是因為什麼很大不了的願望，而只是一個微小的「就試試看」的心情。於是你開始新的體驗，而這個體驗也會回報給你未曾想像過的感受。

　　無論在什麼年紀、什麼時刻，希望我們都不要停止期許自己，不要失去對自己還有期待的心情。

　　為了任何時刻的自己，繼續試試看吧。

做自己
包含了
痛楚

不 同 愛 情 時 區 的 戀 人

「當時我們為什麼都逃走了？」措手不及，他突然吐出這句話。

你們在車水馬龍的街上相遇，茫茫人海中你第一眼就看到他，就像第一次的見面一樣。你猶豫著要不要打招呼？或是乾脆轉身鑽進旁邊巷子？兩者都不簡單。

但在你猶豫的瞬間，他先向你揮了揮手，像是「嗨」，也像是「道別」。

這是你們分手好半年後再見面，不期而遇，他問你有沒有空？你說還有點時間，於是你們隨意找了一家咖啡店坐下。

然後，他說了這句話。開場就是這句話。

你不知道他原來也這樣想，你一直以為逃走的是自己。

「大概因為害怕吧。」

「害怕什麼？」

「怕太幸福了。」

他笑了出來，彎彎的眼睛還是同樣好看。

你們相識的時間很長，但在一起的時間卻很短，倉促到有時候你會覺得那其實只是一場幻境，真實從來都沒有發生過，都是你的想像，而現在只是醒了而已。

你們沒擁有過彼此、沒擁有過以後，有的只是清醒。

剛認識的時候你有男朋友，而他則剛失戀，朋友怕他悶壞因此帶他來聚會，當晚他喝得爛醉，逢人就親。在兵荒馬亂的朦朧燈光中，你發現了他有雙笑起來會彎的漂亮眼睛。

對你而言，他只是朋友的朋友的其中一個，遠遠地在外圍，偶然出現的過客，無需在意的存在。可是沒想到他從此就待了下來，成為了你們小圈圈的其中一員。

再後來，換你失戀了，交往了一年的男朋友打算跟他的初戀結婚了。朋友陪你買醉，他也出現了，然後帶了她一起，他的新女朋友。

當晚你不斷地哭、不斷地灌著酒，你分不清是因為失戀而掉眼淚，還是因為生活了無滋味，只要可以醉就好，醉了就不用管原因是什麼。

「嗨，我在你家樓下。」隔天午後，你被尖銳的電話聲吵醒。他撥了電話給你。

「我家樓下？」你濛濛地回著話。

「我跟他們要了你的地址。」

你從床上跳了起來，這下全清醒了。

「米湯解酒，給你。」你蹦蹦地衝下樓，見了面他推了一個保溫瓶過來。「每次喝醉我喝這個都有效。」

「喔，謝謝。」你愣愣地接過沉甸甸的瓶子。

「那我走了，下次不要喝那麼多酒。」他揉了揉他一頭亂髮，揮揮手道再見：「我要去接我女朋友了。」

那是你們第一次單獨見面，時間五秒鐘。

我要去接我女朋友了。

你還是愣愣地待在原地看著他遠去的背影。

第二次單獨見面，是因為要還他保溫瓶，所以約了請他喝咖啡。你從朋友那邊知道他嗜咖啡。

「喝幾杯都可以，今天都算我的。」你把保溫瓶遞回去時這樣說。

「只有你會把咖啡說得跟喝酒一樣，那我要點最貴的。」

「沒問題。」

但他點了最便宜的美式咖啡。後來你才知道他只喝美式咖啡，而且一年四季都喝冰的。

當天你們聊了很多，什麼都說，狗屁倒灶的事也毫不遮

做自己

包含了

痛楚了

掩，你很久沒有感到這麼放鬆，即使是在前男友身上也沒有過這樣的感受。

「啊，我要去接我女朋友了。」四點時，他這樣說。

「你快去，我埋單。」

我要去接我女朋友了。你重複了一次他說的話，這句話像是你們之間的對話的句點，只要它出現了，不管再盡興、再歡愉，都要終止。

他和她很好。

你們斷斷續續會在通訊軟體上聊天，不是過分熱絡，還是聊得很愉快，但再也沒有單獨見過面。一年之後，你認識了另一個男生，把相片丟給他看。

「你覺得他怎樣？」

「有點胖，不是我喜歡的菜。」

「你三八啊，又不是要介紹給你。」

「他對你好嗎？」

「還不錯。」

「那就好。」

「真的嗎？有機會帶給你看，你們男生看男生比較準。」

下次再見面時，你和那個男生已經成了情侶。

做
自
己

包
含
了

痛
楚

他跟她還是很好，而你在半年後再度失戀。這次是你不要了。

「這次還需要我幫你送米湯嗎？」得知你分手的消息後，第一時間他在通訊軟體上問道。

「不用啦，我很好。」

「發生了什麼事啊？不會是他又愛上前女友吧？」

「呸呸呸呸，你不要烏鴉嘴，他很好，是我覺得我們不適合啦。」

「怎麼說？」

「嗯……就是頻率不太對，常常聊天會卡住，我不懂他、他也不懂我……總之就是沒辦法像我們這樣聊天啦。」

「我早就說他不適合你吧。」

「屁咧，你才沒說過，你只說『那就好』。」你找出對話紀錄貼了過去：「你根本要負一半的責任好嗎？」

「好啊。」

「好什麼好？」

「我負一半責任啊，你說的。」

「怎麼負？娶我嗎？」

「好啊。」

「哈哈哈。」你心跳漏了一拍。

只是他跟她還是很好，好到你能感覺到安心的程度。

又過了兩年，你終於遇到了一個可以聊得來的人，然而他卻分手了。

「我們怎麼像是在玩接力賽啊，我分手、你談戀愛；我談戀愛、你分手，接力棒在哪呀？」

「問你啊，現在應該交接到你手上啦。」

「幼稚鬼。要不要送米湯去給你？」

「我現在戒酒啦。」

「那失戀怎麼度過？」

「捱著捱著就過啦，又不是第一次，每次都喝酒也不是辦法。」

「天啊，你長大了。」

「你剛剛才說我是幼稚鬼。」

「我會被你氣死！」

「那你跟他還好嗎？這次聊得來了？」

「這個很好，放心、放心。」

之後他身邊的伴一個換過一個，但就是沒有一個能長久留下來，每一個都像是他的女朋友，但每一個又都不像是。

又過了三年，你和那個聊得來的他也分手了。

「不會又是愛上了初戀吧？」他馬上跑到你家樓下，一樣帶著一碗米湯。

做自己

包含了

痛楚了

「不是，」你紅著眼眶搖了搖頭接下米湯：「別的女人。」

「該死，怎麼又來一個啊。」

「你說我是不是有問題啊？怎麼每個男友最後都喜歡上別人？」

「才沒有，是他們有問題不是你。」

「我覺得我這輩子嫁不出去了。」你嚎啕大哭了出來。

「不要哭啦，」他慌張地抱住你：「我說我會負責啊。」

「我都那麼傷心了，不正經。」你推開他：「倒是聽說你最近跟那個長頭髮的女生好像走滿近的，她不錯啊，到底要不要給人家個名分啊？女生青春有限。」

「哎唷，幹嘛說到我，再看看啦。也要看適不適合啊，就跟你說的一樣，頻率對很重要嘛。」

「喂。」

「幹嘛突然嚴肅的表情？」

「你該不會是在等我吧？」

他愣了一下。

「我鬧你的啦。」你推了他一下：「謝謝你的米湯，兩次都是你救了我。」

接力賽。

他的那個長頭髮女生開始出現在大夥聚會裡，但還是不

做自己
包含
痛楚了

肯鬆口她是他的誰，始終都說「好朋友」，但手卻會摟著她的腰，而她也沒推開。

你的生活開始步上正軌，就像是之前每次失戀一樣，只不過復原的速度越來越快。在這樣尋常的日子裡，某天夜裡「他」捎來了一個訊息，你的前男友，他說：

「對不起，我錯了，請你原諒我！你可不可以再給我一次機會？」

你呆愣在手機前、驚慌失措，第一個反應是要跟他說，那個有著長髮女孩的他。

「我馬上過去，你等我。」他在電話那頭急急地開口，語末丟下一句：「什麼都別回。」

二十分鐘後，你按了門鈴讓他上樓。

「你回了嗎？」一進門他立即這樣問。

「沒，你不是叫我先不要回嗎？」

一個箭步，他緊緊抱住了你：「如果我說我真的在等你，你信嗎？」

你先是愣了一下，然後用緩慢的速度堅定地點了點頭：「我相信。」

於是你們在一起了，接力賽抵達終點了。

他第一次進你的家門，就住了下來。

他很快就搬進來你的住所，「因為你的公寓比較漂亮。」

他這樣說。

　　房子裡面都是他的痕跡、兩個人生活的痕跡，你們像是為了彌補空白一樣拚命填滿日子。你們一起過了一段美好的日子，陽光滿溢，幸福灑滿了房間裡的每個角落，只要一翻身就看見。幸福的描繪遠比你想像中還要多。

　　可是日子充滿變數，人也是變數。

　　幸福以光速的速度充滿著生活，但你沒想到摩擦也是。你們開始爭吵，因為什麼都可以吵，到最後你根本記不得原因，只記得結果。所有的事都是這樣，一旦痛苦太多了，最後就沒有感覺、麻痺了，包括了愛情。你們的愛情。

　　所以你們散了。

　　先是他說要搬回去原本與人分租的公寓，你沒拒絕；再來是天天見面變成兩天、三天，後來你們不再見面了，你沒提出抗議。你們都在小小的台北，但海角天涯。

　　你們沒有誰先說分手，只是不再聯繫了，就連原本朋友的聚會也避開了。

　　也許你們本來就是不應該在一起的人。但你們都叛逆，抗拒著所謂的「應該」，所以才發了狂地總要試上一回，這樣才能對自己有所交代。

　　「後來我在想，我們其實並不是接力賽，而是處在不同

做自己

包含了

痛楚了

的愛情時區，所以才會一直錯過。」

「但我們曾經離幸福很近，對吧？」他笑說：「前女友。」

「我們曾見過幸福，」你點點頭：「前男友。」

終於稱謂替換了，塵埃落定了。你們唯一的一次時區重疊是分別。

有時候太容易的幸福會叫人不珍惜，但有時候，太難得的幸福，也會讓人懷疑。就像是你們。

你曾想過會不會是因為太年輕的錯？但其實你們都沒有那麼小了，只是長大了，膽子並沒有跟著變大，面對幸福還是害怕。

而關於愛情，你才發現了最重要的其實是同步，沒有什麼先來後到或是一前一後，有的只是時區的重疊，有任何一方快一點慢一點都不行。

分別時，他揮手的姿勢，像是「嗨」，也像是「道別」。

更像是在不同時區的人。

輯三

17.3°C

驚蟄

——

「二月節……萬物出乎震，震為雷，故曰驚蟄。」

《月令七十二候集解》

我們都是
被愛著

自己是喜歡的出發點，
而喜歡自己，才是愛的前提。

要的不過只是一點點愛的感覺

　　愛情說穿了其實很簡單，不過就是一個人交付了真心，而另一個人同樣給予回報。

　　而反過來說，所有傷心的愛情故事，多是包含了一個不願離開的人。被遺留下來的人，不斷地以各自的方式去追憶與尋找相愛時的蛛絲馬跡，好讓自己安心。唯有證明愛真實存在過，自己才沒有白費，人生才得以繼續。

　　也因此，愛變得複雜了。不管你要不要、同不同意，愛情都包含了現實面，所以我們又笑又哭一路走著，在推翻之後又建構，在以為再也不要愛誰了後又遇到誰。

　　我們都會長大，但使我們長大的並不是受傷，而是受傷之後有人對自己溫柔。

　　別人對自己溫柔，讓自己也學會溫柔待人，更重要的是同樣能這樣對待自己。時常把愛掛在嘴邊的人，活得最辛苦；時常把付出當作籌碼的人，愛得最不純粹。不間斷說著愛很

複雜卻始終執拗的人，在許多時候就是那個把愛變得複雜的人吧。

看完《誰先愛上他的》有深深的感觸。「愛」其實遠比我們所想的更堅強、更偉大，也更溫柔。每個傷心的故事最終並不是誰原諒了誰，或誰接受了誰，而是誰理解了誰。

其實每個人都是被愛著的，只要不再執著自己認定的愛的方式，讓愛適得其所，於是終於可以開始幸福。只要是真心付出都很珍貴。

到了最後，每個人要的不過都只是一點點愛的感覺。

我們
都是
被愛
著

原來他都做得到

後來，
你們計畫好久的那趟旅行，他和她去了；
你們始終沒去的那家餐廳，他和她去了；
你們從來沒過的紀念日，他和她有了鮮花燭光，
在沒有你的後來。

後來，你們的後來沒有來。

你最傷心的，
並不是他為她做了什麼，
或是他沒為你做過什麼，
而是，原來這些他做得到。

其實他都做得到，只是他不想為你做到。
你最傷心的是這件事。

不要再為不值得的人多傷一點心了，
不值得的就不要了。

被　都　我
愛　是　們
著

沒說而已

後來你才終於肯承認，
那些自己認真相信的話，
他只是說說而已。

但其實你不是笨，只是想要相信他。
人會變得冷淡不是一天造成的，
不被在乎的對待、虛假的笑容，
還有敷衍的態度。

許多事你都心裡有數，
只是沒說而已。

輯三　17.3°C ── 驚蟄

我們
都是
被愛著

不只是愛不愛，
而是你想要怎樣的愛

原來，愛情的關鍵並不在於別人愛不愛你，而是你想要怎樣的愛。很後來你才明白了這件事。

愛情並不是一種合約規定，無法指定對方做些什麼，在更多時候，愛情說的只是兩個願意互相付出的人。這不是一種強制，而是一種自動自發，你喜歡他、他喜歡你，你們對彼此好，有想要一起前進的將來。說到底，愛情可貴的其實只是心意，即使看似微不足道，但卻能夠溫熱彼此，這就是它的力量。

愛情更沒有所謂的保證期，現在相愛，也不表示以後會繼續愛下去。

沒有誰可以保證自己能夠愛多久，你只能很努力地去愛，然後看看可以走到哪裡。以前你曾經覺得這樣的愛風險很大、也很可悲，但現在卻覺得愛情本來就很現實。因為愛與不愛，常常都是一翻兩瞪眼，沒有模糊地帶，無法任你討價還價。愛的現實面，其實也就是愛的珍貴之一。因為無法取巧，所

以很難得。

　　可是，你常常還是會覺得自己做不到，幾乎連想都不敢想。一旦對方說不要了、離開了，就把你的人生給一併帶走，你不要沒有他的生活，沒有他你就活不下去。你怕從此以後都要靠捨不得來過日子。

　　你也聽不進去任何的勸阻，他們都是好意、都是真心，然而都違背了你的意志。但也就是這樣你才發現了問題的癥結，愛情是不管他們的話說得再好聽、理由再正確，但若自己抗拒就產生不了作用。你懂了，原來愛情是自由意志，愛一個人的時候是，但離開的時候也是，只有你能夠說服自己不要再去拉扯。

　　原來，離開一個人，不是做不做得到的問題，而是你自己到底想要什麼樣的愛的選擇。想通了，就做得到了。

　　每個人都想要擁有幸福開心，可是，苦苦要求的愛情自

被　都　我
愛　是　們
著

己想要嗎？委曲求全的日子自己要過嗎？要他心不甘情不願地待下，是你對愛情的期待嗎？而這些問題其實都跟他是否留下無關，比起對方愛不愛你，更要去思考的是自己想要的是怎樣的愛，以後想要在愛裡過怎樣的生活。唯有能這樣思考，才不會一直被單身的恐懼給綁架。

因為害怕他走了自己會不快樂，所以反而被快樂給綑綁，只是你沒有察覺。可是，兩個人在一起不一定會開心，而一個人生活也可以很好，比起有沒有愛情，過得好不好才是更重要的事。終於你掙脫了枷鎖，不再專注於對方，而是開始觀照自己。

到頭來，愛情並不是要仰賴對方給予你什麼而活，而是你們一起創造出了什麼。若在一起只剩不開心，若對方沒有心了，勉強他留下，其實只是勉強了自己接受以後的不快樂而已。

你當然還是想要愛，但不再覺得愛情比自己重要。你把

自己的順位擺到它之前，開始學會問自己這樣好不好、自己要不要？

　　愛情還是很重要，但沒有重要到你需要犧牲自己的快樂來換取，不要因為害怕不快樂就先犧牲了快樂。你知道說的比做的容易，但所有的「做到」都是從「做不到」開始，你會一直提醒自己要努力做到。

被都我
愛是們
著

對他來說，你永遠都不對

再認真，還是會有人覺得你不夠好；

再努力，總是會有人挑剔你的不足；

你把自己照顧得很好，還是會有人覺得你匱乏……

有時候，並不是你做錯了什麼，

而是對他來說，你永遠都不對。

不要害怕被別人討厭，

人的一生很短，

只足夠你好好做自己、對自己負責，

不要把時間都拿來擔心。

不要在別人的眼光裡生活，

你只要是你。

活得自然點

記得吃飯、記得呼吸、記得蓋被子，
也要記得受不了的時候哭泣。

活得自然點，
不要總是勉強去做些什麼，
唯一重要的是照顧現在的自己。

日子不總是好，但總會好起來。
傷心常常覺得過不了，那就大聲哭，
有天最後就能大聲笑。

喜歡一個誰之前，先喜歡自己

你曾經懷疑過，你是否太愛自己了？但到最後你才發覺，其實這是一種堅定的過程。

在經歷過一段費心勞力的愛情之後，你花了好長一段時間才把那個破碎的自己，重新湊了起來。你一度以為自己再也好不了，怎麼可能好得了？你想要的好都在他身上，他是你的太陽，你繞著他旋轉，太陽消失了，你的世界從此一片漆黑。你變成自轉的地球，傻傻地在原地徘徊，轉動著、但卻從沒有前進。所以，你才會覺得自己再也好不起來了。起來，是一種站姿，然而你已經是一灘爛泥，力盡筋疲。

也因此，當你能夠重新站起來時，你便發誓一定要對自己好。你盡全力對自己好，把所有當初他所虧欠的，加倍補償給自己。對自己好，是你的首要，其他都排在之後，無關適不適切。你千辛萬苦才得以倖存，所以理當要對自己好。

你曾以為這是一種歸還，但後來才明白這其實更像是一種不甘；因為愛情裡並沒有所謂的公平，一來一往都是一

你情我願，他人無法勉強。更因為，所謂的虧欠，都要是對方認可了才算數，自己應允了自己什麼，都只是一種負氣。

也就是那時候你才發現，原來你的「對自己好」，竟是一種對愛的匱乏的反撲。就因為前人的不足，所以現在才一不小心就忘了要有所節制。那時你愛他太多，現在則是愛自己太多，都是一種過了頭。

於是，你開始自省。當初他離開的時候，你先是責怪他，跟著再反省自己的不好；而現在，你還是在反省自己，理由雖然有異，但源頭卻相同。當你察覺到這點時驚訝不已。他已經離得很遠了，但你的中心卻還是他，只是因為看不見，所以才沒察覺。對此你感到氣餒，你那麼努力想要讓自己過得好，怎麼就連變好都像是一種對他的賭氣，而且還在裡頭沾沾自喜。

一直到很後來你才能夠明白，原來離開一個人是一段漫長的過程，而裡面所有的掙扎與推翻都是必須，收穫才會是

被都我
愛是們
著

自己的。

　　就像「愛自己」也是一樣，都得先經歷過不足與過頭，才能找到最平衡的位置，然後內化成一種日常對待。從崩塌到堅持，再到否定，最後得以堅固，才終於可以不做戲、不逞強，也不誇耀。也像是從對不起自己到對得起自己、再到接受自己，都是一種歷程。天下沒有不勞而獲的事，所有的果都是過去的一種總結，一種轉變的歷程，讓你可以真的放下曾經，邁步往前。

　　你終於懂了，所謂的「修成正果」，指的原來是將過去的獲得活成一種未來行進，而不單單是成為未來的阻礙。

　　也就因為能走過這一遭，你才更可以去體悟，原來愛自己是要擺在愛別人之前。但這並不是說要自私、只照顧自己，而是所有的喜歡，都是要從喜歡自己開始。因為喜歡自己了，才不用等誰的肯定；因為喜歡自己了，就不用等著誰的愛護；因為喜歡自己了，才終於能夠單純地喜歡另一個人，而不再

去仰賴誰來愛自己，因而才愛上他。

　　自己是喜歡的出發點，而喜歡自己，才是愛的前提。

　　最後，你終於體悟到這件事。從今以後，你要繼續愛自己，然後，有朝一日用這個愛自己的自己，再去愛另一個人。因為這樣，即使是沒有愛情的日子，你都還是會很好。

我
們
都
是
被
愛
著

自己的盛開與荒涼，
都只有自己能夠承接。

我們
都是
被愛著

我們都在找一個懂自己寂寞的人

「世界上有太多不敢跨出一步的寂寞人。」——《幸福綠皮書》

我時常覺得，所謂的「寂寞」，其實並不單指身邊是否有人陪伴，更多的是內心對於自己的接納。

因為無法接受真實的自己，所以總是擔心著，害怕若有人發現自己的不完美，就會被討厭了、被不喜歡了，因而不敢跨出去一步。一邊偽裝著自己，一邊也在寂寞著。往前走的路上，不斷反駁自己說過的字句，傷人的話語轉了一輪還站在原地。

我們都是堅強又脆弱的存在。以為能被誰拯救，卻總是在跌落的山谷處被自己給撿回。

每個人都只能依賴自己堅強，大多數時候我們也都知道這件事，可是也都有脆弱的時刻，也有恐懼害怕的事物，卻無處可逃。而在這樣的時候，若有個人能夠先擁抱自己，先

接納自己的不完美，就能讓自己長出力氣，並用這樣的力量再回頭擁抱自己。

「這樣的你就很好了。」因為有人對自己溫柔，於是磨平了自己身上的尖刺，就像是收起了刺蝟的自我保護。終於你能跟自己和解了，不需要總是要求自己堅強。被擁抱著，也是自己擁抱著自己。

或許，我們每個人都在找一個懂自己寂寞的人。他們看見真實的我們，那些不完美、缺乏，但卻仍舊願意擁抱我們。像是高掛的太陽、涼爽的微風吹拂，而我可以去任何想去的地方，能擁有嚮往不會覺得羞愧。

因為有人懂得，所以才不寂寞了。

被都我
愛是們
著

留下的人

跌了一次跤,學了一次乖;
傷了一次心,認清了一個人;
走得遠了一點,明白了一些事。

人都是這樣長大的,一邊哭一邊笑,
可是也唯有這樣,
才知道誰是最後還願意留下的人。

總有這樣一個人,
他不會時常在自己身邊,
但卻是不管發生什麼,
你都第一個想要與他分享。

願你身旁有這樣的人給予溫柔。

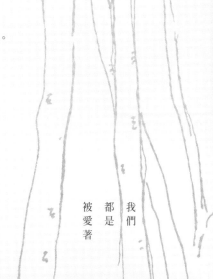

我
們
都
是
被
愛
著

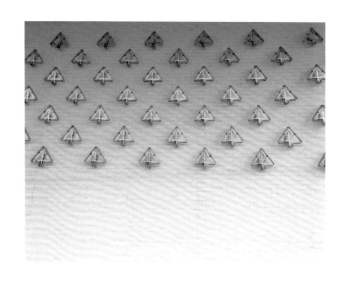

被　都　我
愛　是　們
著　　著

没有你的後來

　　搬離你們共同住處的那晚下了一場大雨，雨水不斷往你的心上傾倒。

　　你站在屋簷下等著計程車，手上抱著最後一箱置放在這裡的物品。這幾年你們生活的痕跡。可是此刻它們都像是被放在紙箱內丟棄的小狗，你的視線不敢看著它們。

　　你覺得自己只要一低下頭，眼淚就會忍不住掉下來，但你不想去淋雨，你不想要被他發現自己哭了。

　　於是你只能抬起頭愣愣地望著天上灑下來的雨絲，就著暈黃的街燈，一瞬間像是你們去小巨蛋看的演唱會裡頭常見的雷射光。

　　你跟他是在蘇打綠的演唱會上認識的。

　　進場的時候他已經坐在位置上，右側的座位是空的，你心想那應該是他女朋友的位置，於是你挑了他右邊的右邊的位置坐下，只不過你另外一邊的位置也是空的。

被愛著　都是　我們

你剛結束初戀，原本約定好要兩個人一起來的演唱會最後只剩自己。你當然考慮過乾脆不要來算了，但你真的好愛蘇打綠，而且演唱會的票有夠難買。

你已經失去夠多了。

一直到演唱會正式開始時，你才肯定了一件事：你們都是一個人來看演唱會。

他也是剛失戀吧，你猜。

只不過在一票難求的演唱會上，發現自己左右兩側都是空位，頓時你覺得自己像個怪胎。是被孤立、被遺棄的存在，就跟愛情一樣。

在震耳欲聾人聲喧鬧的場域裡，你突然慌張了起來。

然後，你發現他悄悄向右移了一個位置過來，於是你在第一首歌就哭了出來。那明明是一首歡樂的歌。

「這給你。」

你餘光瞄到一抹白色，頭也沒抬接過了衛生紙。哭得更厲害。你覺得自己一定很狼狽。

等到情緒稍微平復之後，你抬起頭發現他也正拚命用手背擦著眼淚，力道猛烈得像是下雨天裡，擋風玻璃上的兩支雨刷。

你趕緊從包包裡拿出衛生紙遞給他。他同樣頭也不抬地接下。

　　一直到散場，你們都沒有再多交談過一句話。

　　「那個……」臨走前，他突然叫住了你。

　　「嗯？什麼？」

　　「我還有明天演唱會的票，你想再看一次嗎？」他聲音低沉：「我叫江晉劼。」

　　「卓樂芮」

　　那是你們第一次認識的場景，演唱會、雷射光，哭得稀哩嘩拉的兩個人。

　　但此刻，紛飛像是雷射光的雨絲是在為變成了前男友的他慶祝吧。

　　你知道他就站在身後，那個樓梯出入口旁的狹小空間，為了避免你的責罵，每次偷偷抽菸的地方。你看過幾次暗處的火光，伴隨飄散的淡淡菸草味。你不知道他抽的牌子，但卻記得味道。

　　你從來都沒有問過他，在這裡抽菸的時候，腦子裡想的

我們都是被愛著

是什麼？其實不是因為擔心健康，只是你不喜歡所有你們無法一起參與的事物。

但你都說是為了健康，不能讓他太得意。

然而太得意的其實是你。

你總是說他粗心大意，他聽了只是笑，原來是在笑你。你以為在愛情裡你才是強勢的那一個，但不過是比較傻氣。

你不要他搬離你們一起住了快四年的老公寓，你花了四個月才找到它，你們沒有那麼多錢，但有得是時間。你為了等他出現用了二十六年，這幾個月的時間不算什麼，當時你這麼想。

你以為，你們就是以後了，當時你這麼想。而今年你就要三字頭了，一切都還回去了。

「租約一到期，我就把房子退租。」
「不，你繼續住沒關係。」
「但……」
「誰要搬進來都可以，房子是你的了。」
哪有什麼冒犯可言，你愛上另外一個人的時候從來都不講禮貌。

被　都　我
愛　是　們
著

住進來這間公寓的第一個月，你們一起養了一隻拉布拉多叫「米米」。現在你正要搬過去的小套房養不了，所以也留給了他。

　　道別的時候你哭得很慘，你要他讓你們獨處。因為米米不會講話，所以你才跟牠說了好多話。

　　先到期的原來是愛情。

　　「為什麼是你搬走？房子是你找的，」朋友憤憤不平地說：「該走的人是他才對。」

　　「不是什麼都能講求先來後到。」

　　「但他已經擁有她了，而你只剩下這房子。」

　　「我已經得到答案了。」

　　朋友聽了靜默不語。

　　他坦承愛上別人的那天，你撕爛了你們的第一張合照。彷彿那是誓言。

　　但隔天你又把相片給黏好擺回相框裡，哭著求他們分開，可以沒有骨氣、可以不計前嫌。甚至你想過委曲，只要他好你就好，你不計較那麼多。

　　可是他計較。他計較著他們，而不是你們。

「到底我做錯了什麼？」你對他嘶吼著，眼淚不聽使喚。

「你什麼都沒有做錯。」

「所以是你犯錯？犯錯就要想辦法改啊。」

「我只是愛上她，我沒有犯錯。」他的聲音低沉如舊。

只要狠得下心就什麼都可以。這就是你們愛情一場最後的註解。

你一直以為你們會住很久，或許換一個地方、或幾個地方，但總會一起住。

你以為，你們就是以後了，當時你這麼想。

你自顧不暇，在過去與未來間不斷掙扎，回憶拉著你下沉，你不斷揮舞著手呼喊，像溺水的人。只有自己的回音，岸上沒有人。

任何事都有源頭，但你只剩下結果。一定是遺漏了什麼劇情，你們才會變這樣。

「我要走了。」計程車來了。這是他最後一次留你的機會了。

「嗯。」但他沒有。

我們　都是　被愛著

「嗯。」你點點頭踏進雨裡。

「等等，」他突然叫住你。

你心臟漏掉一拍。

「這給你。」他說。

「這是⋯⋯」你低下頭，順著那隻曾經摟著你的臂膀往下看。

「計程車錢。」

「不用了。」你頭也不回地跳上計程車，雨滴淋濕了你的瀏海。

終於你還是無可避免地狼狽了。

行李只剩一點。住了這麼久的地方，原以為東西會很多，但發現原來都丟得了。

只要狠得下心就什麼都可以。

現在的你們，是以前你跟他的我們。

你們的後來沒有來。

關上車門，你壓抑住回頭看的衝動。

突然想不起，你們身為戀人時說的最後一句話是什麼了？一陣感傷，你連最後都遺漏了。你總是比他早睡，他是

被都我
愛是們
著

被都我\n愛是們\n著

被都我
愛是們
著

被都我
愛是們
著

夜貓子，你貪睡、他又早起，因此你從來都沒有仔細看過他睡著的樣子，原來劇情不止缺了一頁。

之後偶爾你會回來照顧米米，在他出國的時候。你也沒再問過：「她在不在？」反正你是不會在了。米米看你的眼神還是熟悉、搖著尾巴，就像是你從未離開過，你又哭了。

每次從捷運出來走在熟悉的老公寓小巷，斑駁的牆面、左手邊第三家的藍色鐵窗，還有右手邊第五戶人家門口的盆栽，你們曾說過陽台也要種上幾盆，但卻從來都沒有誰真的認真過……熟悉的景象，都會讓你恍若置身當時。只是沒有鑰匙了，有人用力搖了你的肩膀，只得清醒。

但後來米米也走了，你終於沒有再回來的理由了。

再之後，你偶爾會想起那個夜晚，最後的那個夜晚。尤其是在潮濕的雨夜，跟著鼻子就會嗅到身後飄來的淡淡菸草味道。

就像是今晚。

而你現在仍在且行且走，等著出發。

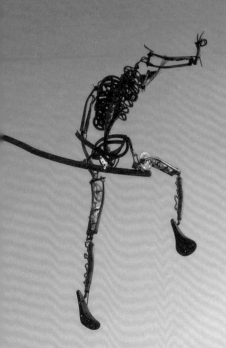

喜歡不是一個人可以努力的事。

輯四

21.9°C

穀雨

—《月令七十二候集解》

「三月中，自雨水後，土膏脈動，今又雨其穀於水也。」

珍重
或許不再見

離別時最難的，不是忘記對方，
而是如何好好去收納對方的好。

把話好好完成

長大一點之後，才學會比較淡然去看待生命裡那些留不住的所有。大部分的時候，面對失去，我們只能做到兩件事：要嘛跟它和解、要嘛就是學會不在乎。

常常我們面對自己最親近的人都是苛刻的，甚至是幾近殘忍的嚴酷，我們希望對方盡可能完美，對自己的好能夠一絲一毫不差，他們是最愛自己的人，所以理當能對自己更好，若是達不到就反撲越大。然後，其實對自己也是如此，只是渾然不知。

我們也會希望自己能夠成為對方驕傲的存在，只是自己不一定能察覺。

於是在兩者的交互作用下，讓自己失望的他、讓他失望的自己，我們學會了沉默。只要不說話，就可以少傷一點心；只要避不相見，就能夠不提醒欠缺，到了最後，連話都無法好好說。兒時的牙牙學語，成人之後仍學不好。

所有的關心，到最後都用一種尖銳與冷漠替代，一直到失去。

　　而你以為自己不在乎。只要催眠得夠久，遮掩就成了一種日常，然後終於當真。可「失去」是一面照妖鏡，映照出自己其實很在乎，於是你才明白了失去是什麼意思。所謂的「失去」，是連不在乎都沒有容納之處的地方。

　　不在乎比和解更難，如果真不在乎，就沒有什麼是失去，因為早在你不在乎的那一刻，就已經失去。常常我們以為的不在乎，更多時候只是自己的以為。

　　看完《花椒之味》步出影廳，街燈將影子拉得長長的，與友人一陣說說笑笑，但其實內心還留在電影裡頭，還能感受到一股暖暖的溫柔在心裡流動著。這部電影並不是喜劇，甚至許多人會覺得它說的是一個向逝去的人告別的故事，但我卻覺得更像是跟留下的自己修補的故事。

珍重
或許
不再見

面對已經不在的人，你無法再印證些什麼，眼前只有剩下的這些看似殘破的東西，於是少數能做的，就是利用它們來拼湊出些什麼。這些張揚的失去、埋藏的傷心，最後得以回過頭跟自己和解。裡頭有許多對人的理解與溫柔。

　　電影裡說了一句「沒有誰是離不開誰的」，但其實要說的是「我們每一個人終會離開，因此在離開之前要好好珍惜」。明日與不再見無法預知何者先到，能擁有的只有今天。

　　能夠相見的時候，把話好好完成；能夠愛的時候，好好擁抱。
　　來日若能再見，不拖不欠。

珍重
或許
不再見

好聽的話都像是嘲諷

傷心的時候，
常常會覺得自己將會永遠傷心下去，
自己再也跟好無關了。

朋友的勸聽不進去，
好聽的話都像是嘲諷。

可是，
或許別人會傷了你的心，
但卻只有自己有讓自己痊癒的能力。

再傷人的話語，
也只有自己能決定願意讓它待在心上多久。

不要拿別人的壞來懲罰自己，
不要因為別人對自己不好，就覺得自己不夠好。
你已經夠好了，夠好到值得被好好對待。

珍重

或許

不再見

珍重或許不再見

你們忘了是在什麼時候走散的。

只是等到一回頭時，
已經站在了分岔的地方，
日子不是在一個瞬間斷裂，
而是慢慢累積出來。

後來你們都累了，
所以才淡了。
最後你們還是敗給了時間，
但至少你問心無愧。

也或許，
生命中出現的每個人都是來陪自己一段路，
時間到了就該告別了。

道了謝、揮揮手，
然後珍重或許不再見。

珍
重
或
許
不
再
見

愛情裡沒有好人，也沒有壞人

很後來你才明白，在一段損壞的感情裡頭，若是有人願意先當壞人的話，打死的結才有機會得以解開。

你當然不是絕情。你們在一起那麼長一段時間，有好長一段日子你們的生命裡只有彼此，你們一起生活、共同經歷過一些風雨，然後終於生存了下來。說不要就不要是多麼傷人的事，你們曾經如此無法切割，所以現在看起來令人那麼不忍。其實你也覺得可惜。

你們花了那麼多的時間相處，用了那麼多力氣想要同步、修正問題，獲得了這麼多，怎麼才一瞬間都要還回去了？只是你不知道該怎麼還？又能還到哪裡？你猜，他一定也是這樣覺得吧。

沒有人的愛情一開始是以「分手」為前提交往，因此戀人們總是想著兩個人要如何往下走、如何在漆黑的夜裡互相扶持，然後當看著對方的眼睛時，在心裡暗暗發誓再也不鬆開手。你們一直都是這樣想的，不做二心、毫無二意，但是，

突然有天你們卻不再說話了。就像是喪失了語言能力的人一樣，你們面面相覷，然後日子開始過得無聲無息，等到發現時，才驚覺自己已經呆坐在床邊好一會兒。

　　你先是驚慌失措，然後詢問自己是哪裡出了錯？未果後再抓著旁人追問，最後才發現他也始終都站在原地，同樣一臉的慌張。他也發現了，是吧？你們如此相愛，你不要把它變成「曾經」。可是找不出癥結，你們找不出錯，但事情就是錯了。修補訂正都是必須，當初你們多努力，現在就要多認真。可是越是費盡心力，就越是證明了力有未逮。

　　終於在傷痕累累之後，你才明白，關於愛情在最多時候你所能做到最多的，就只是努力。而這努力，跟成得了並不一定有關聯。而所有的勉強，都是從努力開始。

　　一開始的努力都是善意，都是為了彼此好，只要達不到，就以為是自己不夠盡心，因此加倍使力。但也就因為過分的善意，才會忘了應該要收手。你們還捨不得彼此啊、還不想

珍重
或許
不再見

鬆手啊，就像是不斷被拉長的橡皮筋，到了臨界點了，終於才肯承認已經是勉強了。「已經是勉強了。」說出這句話的時候你們都哭了。落淚不是因為累了倦了，而是明白到了該道別的時候了。

因為，有時候愛情會變化，並不是因為有人犯了錯，所以也就無所謂改錯，而是當下兩個人已經不適合彼此了。愛情不只是兩個人的事，還需要加上時間與空間才能成。讓兩個人岔開的並不是你們彼此，談戀愛要很努力，但也要學會不跟老天爭道理。

常常我們都會覺得，在愛裡頭先說「不要」的那個人是壞人。因為是他起了頭、他開了口，所以理當要承擔最多。可是事實上，所有的感情都是早在開口之前就起了變化，你們心知肚明，只是總想著不要這樣結束。到後來也分不清是因為愛，還是因為習慣？逞強累積出了不甘心，擋在愛情的前頭。

可是、可是，若一段關係兩個人都只想著要當好人，只會僵持不下。而再怎麼相愛，心終究還是會累。

但即使如此，當他開了口離別時，即便你仍舊帶著些許的怨懟，但隨著日子往前走，心裡卻也益發的清晰，當時的你們只是拖著，而不是愛著。你很清楚這一點。自己那麼珍視的愛，你用逃避詆毀了它。而分離其實是當時他所能做到對你最好的事，也是最後兩個人可以一起完成的事。

愛情裡沒有真正的壞人，一直拉扯著也稱不上好，有時候看似壞的事，反而能成就好。

到了最後，你終於才能接受了，有時候道別是一種成全。謝謝你當壞人，這是你對我最後的保護，你懂了、接受了，對此你今後都會滿懷著感激，然後收拾起埋怨開始試著再去愛一個誰。

珍重

或許

不再見

此刻的自己，
都是用無數個「過去」
匯集而成。

珍重
或許
不再見

與日子相安無事

許多時候，
並不是沒有感覺了，
而是最終也只能裝作若無其事。

勉強的笑著、努力振作著，
把生活過得充實積極。
假裝沒有感覺並不難，
時間久了就會習慣了。

不是不想要，
而是知道要不起了。

若無其事，
日子才能夠相安無事。

珍重

或許

不再見

輯四　21.9°C ── 穀雨

都是受了傷的人

都是受了傷的人。

受了傷的人是無法原諒別人的，痛會讓人失去其他知覺，沒有快樂、甚至也沒有悲傷，只剩下痛楚。白天是、夜晚是，它們是一種叮囑，時時刻刻告訴你關於你所有的失去與再沒有可能。

所以，你怎麼可能好得起來，甚至你覺得若是自己過得好了，就是對所有逝去的一種背叛。或許你是真的不允許自己能夠好起來。於是你只能仰賴著痛以及它所衍生出來的一切，就像是懷抱著過去，就像是一切都沒有離去過一樣。

也就像是影集《我們與惡的距離》一樣，當劇末片尾曲響起，關掉了螢幕、一瞬間聲音也跟著停歇了，世界突然中止了似的。我靜靜地坐在椅子上，像是被世界給隔絕了一般，可腦中卻不斷浮現影集裡的情節，它講的是在無差別殺人事件後，所遺留下來的人的後續。殺人的惡，點燃了更多的惡，受害者家屬、加害者家屬，都被團團的惡所包圍住。原來惡

是會感染的，像是病菌。可是這些黑暗並不會成為光。然而就是因為惡的存在，才讓人能夠珍視善的珍貴，例如，尋求答案的人、真誠關心病患的人、買肉粽的人、買最貴果汁的人，還有說著「一起加油」的人……

世界就是由這樣一點一點的善意所堆疊而光亮的。

是那些微小的好意，在某一個過不去的時刻，成了抵擋的肩膀；在不見五指的漆黑裡，成了爍爍的光亮，於是你得以撐下去。一直到有日，你發現自己開始好了。那些善滋養了你，讓你得以開出其他的花朵。然後過著過著，有天你終於能夠去真心肯定，自己其實真的有好的可能。

特別喜歡戲裡的其中一個角色是：精神社工師宋喬平，而她在送走思覺失調症患者應思聰時，說了一句讓我印象很深刻的話：「你可以把思覺失調症想成是截肢，你還是可以打籃球跑步，只是方式不一樣了。」

這句話對我來說，其實也是對所有在事件裡受了傷的人說的，不要想著回去從前、不要一直追尋不在的，而是用此刻自己的姿態踏出去，即使是受了傷的自己，哪怕只有一點點變好的可能都要去試。

　　「我們與惡的距離」其實要說的是「我們與善的距離」。於是，到了戲末，所有受了傷的開始有了痊癒的可能。

　　「都會好的。」
　　試著用對人的善意去溫熱世界。

珍重

或許

不再見

收納對方的好，
是分手後對自己的和解

　　分手時最難的，不是忘記對方，而是如何去好好收納對方的好。

　　當一個人離開的時候，第一個念頭常常是想逃，不是逃離他，而是要躲到他的好找不到的地方。他曾經給予的好，在他轉身的瞬間都成了洪水猛獸，你避之唯恐不及。只要不見著他的好，你就不會想念他；只要不見著他的好，就不會提醒你現在已經不再。他的好，都提醒了你現在有多不好，你見一回心就傷一次。那一陣子你時常哭，總是淚眼朦朧，就因為老是視線模糊，所以才會想要離他遠遠地重新生活。

　　那時候的你以為，只要遠一點、再遠一點，他的好就會消失，最後才知道原來只是一種眼不見為淨，你所有的費盡心力，都在一回首就被摧毀。他曾有的好都像是影子跟在你的腳跟，不管走到海角天涯始終都在。

　　就因為如此，於是你開始恨他，你拚命去思考他的壞，讓自己恨他，不僅僅只是要讓自己不再愛他，更重要的是，

你想用恨來抵銷他的那些好。後來你才驚覺，自己竟然把恨當成了一種解套的方法。他沒有讓你面目可憎，是你讓自己走火入魔。

跟著你也才懂了，原來去恨一個人比較容易，至少會讓情緒有了出口、眼淚有了理由，可以大方地魂不守舍，但卻忘了從此會讓心都不平靜，一記憶起就不能安寧。更甚至是，去恨一個人，自己才能夠光明正大地想他，不必遮掩，當發現這件事時，你驚訝不已。但也就是經歷過這樣愛與恨的一遭，你才能夠開始學習去收納對方的好。

去拾起對方曾經給過的好，但卻不是戀戀不捨，懷念與念舊不同，過了頭的眷戀會成災，讓人終日頻頻回首，生活在過去，會把以前當作是以後在過。收納則是一種整理釐清，一種對未來的準備。

分別的戀人總要在很久之後，才能憶起對方的好。當初他一定對你很好，要不然你不會跟他在一起這麼長的一段時

間。他其實對你這麼好，所以之後的反撲才會如此大。只是當初他離開時，由於心碎、由於傷心，所以不只是埋怨他，就連他曾給予的好你都想一併丟掉。只要不留著，就不會招惹你的眼淚。當時的你沒有想到，那些你亟欲丟棄的東西，原來都是你們相愛一場裡頭最珍貴的寶物。

愛情裡，多是由好聚開始，好散很難，但卻要一直記得，好無法用恨去抵銷。只要願意，也沒有所謂太遲的道歉，因為只要能夠放下，都是一種和解。不再惦記被傷害的記憶，不再反覆重播對方的對待與心裡的疙瘩，就是一種對彼此未來的祝福。

分手後，試著肯定對方當時的確對自己很好，但同時也承認，那一些好都已經是過去。然後放心，放下那顆還為他懸著的心。

離別的情侶還能不能當朋友，需要緣分，就跟當初在一起時一樣，不是靠自己努力就可以。但至少盡力去做到不口

出惡言、好聚好散，然後好好整理與收拾他曾給你的好，不讓它們危及心情，但可以學會珍惜。要去學習，如何把對方曾經給予的好收拾起來，擺在某一個角落，成為一種紀念，或是一種支撐、可以讓之後再去愛的力量，而不只是負面的存在。

　　兩個人相遇靠的是緣分，分離也是因為緣分，練習好好道別，即便以後只能笑著緬懷，也不要丟掉自己的笑容。

珍重
或許
不再見

更多的時候你喜歡現在

每個人總會愛過幾個為他傷心的人、
犯過一些無法回頭的錯,
也會被辜負、被背叛,
沒什麼大不了。

可是,
那些以為熬不過去的日子,
後來都成為生命裡的重要印記,
總算不只有壞,
而是自己生命的一個部分。

有時候你也會想回到從前,
然而更多的時候你喜歡現在。

喜歡還是不夠好的自己,
因為你知道自己總可以慢慢變好。

珍重

或許

不再見

練習整理自己

人生裡的多數事情，都是相對的存在。

確切地知道，自己是一個避免曝光私事的人，這是一個刻意的選擇。特別是關係到「人」的部分，尤其是家人或朋友，我都會盡可能削弱。總是忍不住思考，是否會因為自己而讓他們丟失了原該有的選擇權，即使連結再緊密的關係，仍有各自切開的部分。

然而在這個需要大量露出訊息的時代，不管是任何大大小小的事都可以，隱私也能夠是公眾，界線模糊，能獲取一些關注就是好事。展示與觀看其實是同一件事。可是我卻抗拒著，甚至幾乎是違背著。雖然無論是哪種形式的創作，多少都會與自己的人生經歷有所關連，某個程度上也是一種隱私的揭露，可對自己來說仍是有著差異。這是一種選擇或是自我的認同，也是靠著這樣的認知，我才一直寫作到今天。

因為這樣的堅持，失去了一些機會，但相信也收穫了一點，人生的得失常常無法簡單計算。

珍
重

或
許

不
再
見

不過，這樣的自己，跟對或不對無關，但卻也無法說上好或不好。生命裡的多數事情，都是相對的存在。或許在人生的多數時候，我們很難簡單地用二分法去看待，任何決定也是一樣，裡頭一定包含了許多複雜的因素，不過即使如此，還是得要盡可能找出自己的方向。

　　「所有的事都是選擇，而你的決定最後會讓你成為一個怎麼樣的人。」我始終相信這件事。

　　而在這樣的過程裡，我始終練習的是「任何事盡可能自己作主」。當然會詢問他人的意見，但最終的決定權仍會在自己身上。這樣的練習對我來說，是生命中很重要的事，讓我可以學習對自己負責，並且尊重自己的決定。簡單來說，就是即使事情失敗了，也不要給自己能夠把責任往外推的理由。

　　最重要的是，這樣的過程是一種整理，也是一種「理解自己的選擇為何，同時給予這樣的選擇相同的尊重」的學習。

因為在許多時候，當一件事不如意時，我們常常會抱怨是由於什麼原因所導致，甚至是來自誰的建議，而這樣的思考模式對自己來說其實很危險，很容易把失敗歸咎到其他人身上，因而忽略掉自己的問題。其中最糟的是，一旦養成這樣的習慣，漸漸就會開始對自己的人生隨便起來。

　　深深意識到，唯有當自己能不再把責任擺到他人身上時，才終於可以認真看待自己，並且花時間整理自己、釐清自己。而那些成功與失敗，不再單只是印記，會成為生命裡的一種堆疊，讓你感覺對得起自己，然後與自己和好相處。

珍重

或許

不再見

雨天的存在必要

長大了，
並不表示不會再傷心了。

總會有什麼在你得意的時候打擊你，
在你以為事情美好的時候毀壞它，
你還是會對不如意感到灰心，
像是從此再也一蹶不振了一樣。

只是，
你知道此時的傷心不會是永久，
你相信雨天的存在必要，
如同也相信晴天的日常會來臨。

輯四　21.9°C ── 穀雨

珍重
或許
不再見

浪費的浪費

　　唯一沒有收穫的，是你無法從一件自己認為壞的事裡頭，找到可以幫助自己的東西。

　　在《可不可以，你也剛好喜歡我》漫長的電影宣傳活動中，西門町的「絕色影城」是除了住家之外，去了最多次的場所。狹小的休息室、昏暗的燈光、走道中瀰漫著爆米花的香氣……幾乎成了日常的一部分，而台北的最後一場活動也在這裡舉辦。要告別了，多少有點不真實感。

　　在當天的分享上，女主角陳妤特別提到了一件事，她說：「今天剛好收到了一個陌生訊息，上頭寫滿了對這部電影的厭惡情緒文字。」在這一個月來，所有影人都會盡可能去看每個有標記我們的貼文，多數看到的都是對電影正面的評價，偶爾會看到負評，但比例很少。不過這可以理解，因為除非是工作需求，不然要特地再花時間去寫一篇自己討厭的電影文章，其實意義不大。

　　當然啊，《可不可以，你也剛好喜歡我》並不是部一百

分的電影，甚至也不諱言的，可能就連多數參與這部電影的人員，都不一定是它的主要觀眾群。可是這點並不是最重要，因為世界本來就不是一種固定的樣子，每個人都有自己的喜好與需求，而在將近百場的活動中，我們的確也看到了許多人在看完這部電影後，所露出的開心與滿足表情。他們的感受都是真實確切。

人生的溫柔，是你學會了不再用自己單一的標準去衡量世界。

也就像是有時候我會聽到，某個人對一段感情所下的註解：「談這場戀愛真是浪費時間，什麼都沒有得到。」可是我一點都不這樣認為啊，兩個人在一起，縱然最後可能不如預期，但在過程當中一定有經歷過開心的時刻，那些就是獲得，不能因為結果是壞的，就全部抹殺掉。而就算真的沒有，那麼，至少也一定幫助你釐清「以後不要怎樣的戀愛、該遠離怎樣的關係」，而這就是收穫，即使是用反向的方式得到。

珍重
或許
不再見

世界上沒有所謂「浪費時間的愛情」，唯一真正的浪費，是你無法從中收穫到什麼，只得到了怨懟。任何事情都是一樣，它對你有什麼樣的意義與價值，時常都是要靠自己去發掘出來。

最後女配角李杏這樣說了：「你可以不喜歡這部電影，但要有禮貌。那些文字不是評論，而只是展現了一個人的沒有禮貌而已。」

很認同這句話。你可以有自己的主張與喜好，也可以認為這部電影不好看，但在任何時候、遇到任何事，不只是這部電影，請不要恣意把別人當成是情緒發洩的出口。

「或許這部電影是一部簡單的、通俗的電影，但也是要告訴大家，世界上還有很多簡單、快樂的事。」陳好下了這樣的結語。

是啊，如果在這裡你找不到讓你快樂的東西，請去尋找你的。

　　我們經歷的每件事、遇到的每個人、接觸到的每個物件，其實都是一種幫助自己釐清自己的過程，它們讓你找到了自己的品味與樣子，這樣很好。如果你真的厭惡一個東西，不妨試著去問自己：「為什麼這麼討厭它？」然後再用它來幫助自己些什麼。即使是討厭，也要理直氣壯。

　　希望我們都可以發現自己存在的樣貌。
　　想要被人生溫柔相待，自己也要有能力回報溫柔才行。

珍重
或許
不再見

打擾回憶

後來你不再提起他了。

不是因為已經忘了他，
而是因為你們已經是沒有關係的兩個人了，
說了只是多說無益、說了只是打擾回憶。

你不再提起他了，
有些人只能靜靜擺著。

往後的日子你是你、他是他，
各自祝福再各自幸福。

珍重
或許
不再見

你没好好説再見

「為什麼你就是不相信我們會成功？」說出這句話的時候，他眼眶泛紅。

「不要這樣，你明明也知道我們……」

「我不知道。」他果斷地打斷你。

「但我知道。」沉默片刻之後你說。

「我們好不容易才在一起了，費盡那麼多力氣才終於可以在一起了，卻他媽的不值得擁有努力的機會。」他眼眶溢出淚水。

你們此時正置身一間文青咖啡店中，這是你們第一次約會的地方，那是你第一次知道他嗜咖啡。店內牆上掛滿了各式各樣的鐘，大的、小的、方的、圓的、彩色的、黑白的，造型都不同，而每個鐘所指著的時間也都不一樣。

「就像是我們。」他環顧四周這樣說。

「我們？」

「對，雖然所處的年紀不一樣，但『當下』卻是一致的。」

你聽了，笑了，覺得他理想化過頭了。但同時心裡也有

一絲甜蜜油然而生。

那已經是四年前的事了，而現在則是你們分手半年後再次見面。

雖說是分手卻可能更像是單方面的，更精確地說是你逃走了。所以他此刻才會仍舊忿忿的、焦躁的，以及困惑的。

你在你們婚禮的前一刻逃走了。

像是電影情節一樣的橋段，沒想到會在自己身上真實上演，只是過程既不唯美也不浪漫，只有滿目瘡痍。就像是有人扯斷了脖子上的珍珠項鍊一樣，一地的狼狽。

最開始你們的愛情就不被看好，而你則是從來都沒有預期你們之間會跟愛情有關。他二十二歲，而你三十四歲，十二個年頭，你們之間的距離。況且，當時你還有一段婚姻，一段同樣長達十二年卻已經分居三年的婚姻。

「我不在意。」在見面三次之後，他就這樣說，語氣鏗鏘有力。

「可是我在意。」你這樣說。

「我會努力。」

「我不是這個意思。」

「但我是。」

鏗鏘有力。

　　當時你並沒有答應他些什麼，就算想給也給不起，你根本就還沒有離婚啊。自己沒有的東西如何能答應別人。你在跟他一樣年紀的時候進入了婚姻，其實你什麼都不懂，糊里糊塗就結了婚，然後以為這樣就是愛。

　　只是可笑的是，在經歷過一段漫長的婚姻之後，你仍不知道什麼是愛。原本你以為自己會更懂一些，但到後來才發現你只是拋棄一個疑問換來另一個，或是更多個。

　　而你沒想到的是，他到後來仍一樣堅定。

「我可能無法替你生孩子。」
「我不在意。」
「十年後我可能已經滿頭白髮了。」
「我不在意。」
「以後你想要推我去曬太陽嗎？」
「我不在意。」

　　所有你能想到的威嚇你都說了，但他還是沒走。所以你們在一起了。

你們一起度過幾年快樂的時間，他帶你去了一間又一間的咖啡店，從鬧區到郊外，從山林到臨海……你彷彿回到初戀少女般，生活過得粉嫩而輕盈，空氣裡瀰漫著咖啡的香氣，「拿鐵是奶多於咖啡，卡布是咖啡多於奶。」他說。

　　上班、吃飯、休息、咖啡，日子像是時鐘般周而復始地行進著，但你過得很安樂，不太富裕充足的生活卻很滿足。

　　彷彿是你們以後可以一直這樣下去一樣，彷彿。

　　四年後，他用三個月的薪水買了一只戒指。

　　可說來諷刺，原本象徵浪漫夢幻的戒指，卻成了一把現實的刀，刺向你的心臟。那些「我不在意」最後也成了一道道的利風，往你身上颳著。

　　戀愛是一回事、結婚又是另外一回事。年齡沒有成為你們之間的阻礙，可是生理的現實卻怎樣都消弭不了。

　　未來是一旦思索了，就來了。

　　你們沒有吵過架，但他卻為了你生平第一次跟爸媽吵架。

　　你不是第一次見到他的父母，他們始終都很和善，如同他。但這回不一樣，這回講的是婚事，稱謂不是「女朋友」，而是「老婆」或「妻子」。

　　他們的臉色沉了，當著你的面吵了起來，轟隆轟隆，你

珍重
或許
不再見

一陣耳鳴逃了出來，蹲在巷口乾嘔，眼淚混著鼻涕一起掉了下來，在你的臉頰、你的脖子與手背，還有心上。

「走，我們回家。我們的婚事不用他們同意。」他跟了上來，從後面抱住你，彷彿你是浮木。

接下來的日子比往常益發安靜。

他什麼都沒有說，當天的事一字都沒有再提，反而跟你要了生辰八字、問你想去哪裡蜜月？日子如常。由於恐懼，所以你只能裝聾作啞，過一天是一天。

一週後，他的母親來你上班的地方找你。

跟之前一樣和善，彷彿上週的事情是一場夢似的，你有點錯亂。你們在一家有供應商業午餐的咖啡廳碰面。

「伯母，您要吃點什麼？我去點？」

「不用不用，我一下就走。」

只消一句話就足夠讓你的心一沉。

「真不好意思，突然來找你，希望沒打擾到你工作。」

「沒關係，本來就有午休時間。」

「那天真的很抱歉，沒料到事情會這樣，希望你不要放在心上。」

「不會、不會……」

珍重
或許
不再見

「四十歲還可以生孩子對吧？」

面對突然脫口而出的這句話，你反應不過來。

「家威是獨子，我們只有他這一個孩子……早知道應該要你們早點結婚的……」

「伯母，您這句話是什麼意思？」你愣愣地問。

「沒事、沒事，總之我跟家威父親討論過了，我們只有一個請求，就是讓我們抱孫子，可以嗎？」她的手越過桌面握住你的。

你忘了自己當時怎麼回答的，是答應了？還是沒有？或是你根本什麼都沒有說？你後來的印象是自己像是被掏空了一樣，整個人輕飄飄地癱軟在椅子上。

兩個人在一起需要門當戶對，以前你不相信這句話、也不肯承認這句話，愛情是愛情啊，又不是跟錢談戀愛，但後來也不得不服氣。門當戶對，講的其實是現實。

後來你想，或許那段婚姻沒有更讓你懂得什麼是愛，但卻讓你明白了什麼是自己所不想要。

所以你逃了。你沒告訴他伯母來找過自己的事，你只是逃了。逃離那些可以預見的未來。

你不是不愛他，也不是他不好，而是你太知道愛的辛苦，而你不打算再經歷一次了。有些事一次就夠了。什麼越挫越

勇，說的其實是割捨。一個人夠不夠堅強，又是誰說了算。

「這枚戒指我每天都帶在身上。」他從背包裡拿出一只戒指，小小的鑽石在陽光下散發光芒：「我一直在想哪天或許就會遇見你，或許哪天你會突然回心轉意……我怕到時候你又會後悔，所以一直帶著。」

「不覺得很累嗎？」

「我從來沒有這樣覺得。」

「都才剛開始。」

「我不在意。」他又說了同樣的這句話。如同初見時。

「但我在意。」而這次，你這樣回了。

這一次，連給予反駁的機會都沒有給他。斬釘截鐵。

「我連嘗試一下的機會都沒有。」最後他吐出了這句話，壓抑了許久的疑惑，沉甸甸的。

「對不起……」你只能這樣說。

「彷彿像是我不值得讓你努力一下。」

「其實是我不值得讓你努力。」

他聽了，沉默了。

「可是你消失了、消失了，連一句再見都沒有。」半晌，終於又吐出這樣的話。

「我欠了你一句再見。」你這樣說，越過小小的圓桌擁

珍重

或許

不再見

抱了他：「所以我來了。」

在柔軟熟悉的懷抱裡，他輕輕哭了，肩膀不斷顫抖著。

不給他機會？只有你自己知道，其實你是不給自己機會。

愛情不是只有相愛就可以，就如同人生也不是只有活著就好，而是要去伸展，像茶葉在熱水裡展開一樣，才能芬芳。

或者是，有時候人生要的只是好好說再見，如此才能真的跟從前道別，才能放下懸著的思念不做他想，然後得以往前走。

「我們很努力了，對不對？」他哭著說。

「努力到無法再努力的程度了。」你鬆開他，幫他擦去淚水，自己的眼眶也泛紅。

他掉著眼淚笑了出來。

努力到無法再努力了，除了再見，你們沒有虧欠彼此什麼。而那句再見，現在也終於歸還了。

「再見。」

「再見。」

很喜歡、很喜歡，
但只有喜歡還不夠吧。

24.7°C

芒種

「五月節。謂有芒之種穀可稼種矣。」

——《月令七十二候集解》

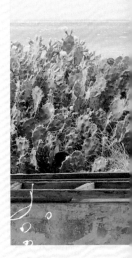

我在右邊

收藏一句再見

他們不只是在彼此的生活裡，
而是住進了彼此的生活。

我 有 喜 歡 的 人 了
—— 36 months ago

嘟嘟嘟 —— 嘟嘟嘟 ——

季永被鬧鐘聲吵醒,張開眼發現陽光已經灑進室內。他又趴在工作桌上睡著了。昨晚熬夜趕報告,他最後的記憶是用滑鼠將平面設計圖按下存檔鍵,然後立刻就昏睡了過去,這幾乎是他在巴黎生活的日常。

簡單盥洗之後,季永將昨晚畫好的設計圖列印出來裝進圖筒、拿著背包咬了個可頌就跑下樓,等抵達一樓時,麵包也剛好吃完。他居住的地方是一棟老公寓的閣樓處,位在市中心邊陲,早期是給傭人住的地方,現在則是許多巴黎留學生便宜的租屋選擇。

「很好,今天也很冷。」季永牽著單車步出大門,深深吸了一口氣,將冬天冷冽的空氣充滿肺部,接著跳上單車熟稔地穿梭在巷弄中朝學校前進。正值耶誕節前夕,下週就開始放假,因此他特地約了教授想在休假前討論報告。

今天的天空沒有一朵白雲,有種格外明亮的氛圍,光禿禿的行道樹在兩側列隊歡迎,陽光隨著他的移動一閃一閃,

我在右邊
收藏
一句再見

灰白色的房舍牆面發著柔暖的光芒，季永邊踩著單車，邊享受這樣的情境。這是他與這座城市產生連結的方式。

最喜歡冬天的巴黎了。季永忍不住這樣想。

巴黎讀書的日子，是季永人生中第一次獨自生活。他整個成長歷程都是在台北完成，在父母的羽翼下茁壯，他的一言一行、一舉一動全是在他們的注視下所養成。很大很大的關愛，但就因為這樣，有時候反而會覺得不真實，偶爾他也難免會懷疑：「現在的自己，是不是真的自己？」這也是他毅然決定出國讀書的原因之一，不光是為了看看世界，更是為了試探自己。

而在巴黎的這段時光，他什麼都得自己來，以前所有不經思索的部分，全部都要學習：打理自己、督促自己、照顧自己。加上語言文化的衝突，剛到的時候很辛苦，遇到的所有難題都是自己的，能仰賴的也只有自己。

雖然日子忙碌，除了要上課、做報告之外，同時還要打工，但在某種層面來說，其實是屬於一個全然獨處狀態，強迫自己跟自己對話，得以檢視自己。就因為這樣，季永甚至覺得這是他人生的第二次青春期，心理狀態真的由小孩轉變為成人。

抵達校門時，在門口遇到了也匆忙趕到學校的邵楓。

「Bonjour.」兩人同時打了招呼，又一起笑了出來。

「最後一天上課？」季永問，兩人一起並肩踏進校園。

「你也是？」邵楓反問。

「來跟教授討論報告。」

「耶誕節好討厭，打亂了所有計畫。」

「原本有什麼計畫？」季永疑惑地問。

「讓父母安心的計畫。」邵楓淘氣地揚起嘴角：「都花這麼多錢來巴黎讀書了，我的計畫就是假裝每天都在用功讀書，總之就是讓他們覺得花這個錢值得啦。但現在放假，我就無法上課啦。」

「在家也可以讀書啊。」季永認真回答她。

「哎喔，你沒聽懂。就是要『假裝上課』啊。」邵楓對他眨了眨眼。

季永這才聽懂，露出一臉「哇賽」的表情看著邵楓。

抵達中庭，之後兩個人的方向不同，邵楓瀟灑地揮揮手說了聲「耶誕夜見」，便轉身離開。季永也快步奔向研究室，他身後的圖筒跟著他的步伐跳動著，像是背上的翅膀。

耶誕夜。

「怎麼沒有下雪啦？好不浪漫喔。」邵楓嘟著嘴看著

窗外。

「巴黎本來就不太會下雪啊。」辰崴訕訕地說，他正把火鍋搬到桌子上：「快來幫忙擺碗筷，不要偷懶。」

「好啦。」邵楓不情願地離開窗邊。

今天季永特地邀請了沒有安排活動的台灣留學生一起過節，一行七、八個人擠在他不甚寬敞的閣樓公寓裡頭，就著暈黃的燈光，圍繞著由幾張小桌排列而成的長桌吃飯，氣氛溫馨。雖然過的是西方人的節日，但吃的卻是中式料理，尤其是大家一致指定要熱騰騰的火鍋。唯有這樣的時刻，他們才能稍稍舒緩異鄉遊子的焦慮感。

季永從早上就開始準備食材，因為喜歡料理，於是堅持要自己下廚，其他人則是紛紛貢獻自己從台灣帶來的各式私藏醬料或酒水。

做菜的習慣也是他在這裡養成的，一開始主要是因為有時會忙到半夜才回家，巴黎不像台北方便，根本找不到地方吃東西，於是索性自己動手，雖然多是簡單的料理，但無論如何都比微波食品強。到後來，則是發現原來做菜能夠達到舒壓的效果，因此變成習慣，在洗菜切菜烹飪的過程中，他會沉浸在裡頭，腦子會暫停下來。

「吃飯囉～～」季永將最後一道菜端上桌，吆喝著大家就坐：「本體是火鍋，其他都是配菜，大家將就點啊。」

「謝謝季永讓我們今天不至於流落街頭。」邵楓率先舉起酒杯敬酒。

「謝謝季永。」大家異口同聲。

鏘——

「這是季永在巴黎的最後一個耶誕節了吧？」席間，突然有人迸出這樣一句話：「明年就要回台灣了？」

「如果順利的話。」季永笑笑。

「你不順利誰會順利啊。」辰崴嚷嚷著：「從小你就是學霸，超會讀書的。」

「季永小時候是怎樣的孩子？」邵楓好奇地問。

「就是那種品學兼優的人，大家口中的模範生，搞得我們周圍的人都壓力好大。」

「很多女生喜歡？」

「大學我是不知道啦，不過高中時會有學妹會等在校門口咧。」

「哇，學妹殺手耶。」邵楓調侃著季永，緊緊盯著他看。

「喂喂，太誇張了啦。」季永連忙否認。

「沒想過要繼續待在巴黎？」

「想回去台灣，」季永搖搖頭說：「在巴黎看到這麼多老建築保存得這麼好，想看看台灣是不是也能做到？」

「不是蓋新房子？」

「我比較喜歡讓老房子活過來。」季永笑著答。

季永的回答讓大家一陣靜默。

「不要說那些讓人家聽不懂的話啦，」辰崴吐槽著他：「來，大家喝酒、喝酒。」

鏘！

鈴──鈴──

席間齊阿姨來電，季永起身到窗邊講電話。

「今晚有安排活動嗎？」電話那頭齊阿姨問道：「要不要過來跟我們一起吃飯？」

「我們幾個留學生有聚在一起吃火鍋了。」

「很好，身旁有人。」齊阿姨聲音始終和藹：「那不吵你了，改天再來陪我去逛市場，耶誕快樂。」

「齊阿姨你也耶誕快樂。」

「大忙人，是在跟哪個學妹講電話？」才掛掉電話，邵楓的聲音在身後出現。

「不要聽辰崴亂說。」季永用酒杯輕碰了邵楓手上的。

「那……是跟女朋友？」邵楓輕啜一口酒，單刀直入。

「單身。」季永笑著搖搖頭。

邵楓狐疑地盯著他直看，季永突然感到有點不自在。

「要不要當我男朋友？」停頓了幾秒，邵楓突然這樣說。

「今天又不是愚人節。」季永笑回，但卻發現邵楓的表

情一派認真。

「我知道。」邵楓倚著窗台，路燈把她的輪廓線描繪得更立體。

「哈，不要鬧我啦。」季永還是覺得是玩笑。

「認真的喔。」邵楓微微笑著：「你單身我也單身，沒有理由不在一起。」

「兩個人要不要在一起，不單不是單身的問題吧，是喜不喜歡。」

「我喜歡你，」邵楓一點都沒拐彎抹角，接著反問：「那你喜歡我嗎？」

「……」季永沉默地望著邵楓，其他人正在他們的身後喧鬧慶祝節日，形成強烈的對比。

「你只要說出你的心情就好。」邵楓說：「我已經說出我的了，我只需要你誠實就好。」

「我有喜歡的人了。」季永緩緩吐出這幾個字，語氣充滿肯定。

「果然是這樣，」邵楓聽了嘴角揚起了大大的微笑：「我有猜到你應該有喜歡的人了，只是不問一下還是不甘心。」

「對不起……」

「幹嘛道歉啊，你跟我道歉才讓我覺得丟臉……」邵楓握拳狠狠打了季永的臂膀一下：「讓我揍一拳就好。」

我在右邊
收藏
一句再見

因為疼痛，季永下意識縮了一下。

　　「啊，下雪了。」邵楓視線瞄向窗外，突然看到天空布滿細小棉絮般飄落的雪：「下雪啦、下雪啦，我們去看雪，快。」她興奮地鼓吹著大家下樓，同時一把抓起外套率先衝了出去。

　　「酒帶著。」有人吆喝著。

　　季永拿起手機拍了雪花，照慣例將相片傳給了葆蒔，並打上了幾個字：

　　「巴黎下雪了，耶誕快樂。」

　　「季永，快點，大家都下樓了。」

　　思緒從辰崴的喊叫聲中甦醒，季永應答了一聲，也抓起了外套跟著大家跑下樓。

　　「台北很熱，耶誕快樂。」三分鐘後，葆蒔傳來訊息。

　　耶誕快樂。

我在右邊

收藏

一句再見

慶祝的日子

「今天是慶祝的日子。」一見面，葆蒔立刻勾住季永的左手笑著說。

「慶祝什麼？」季永則是一臉疑惑。

「我找到工作了。」葆蒔掩飾不住自己嘴角上揚的弧度。

有別於季永早在回台前，就已經被學長延攬到自己的建築事務所上班，她是一份一份履歷投遞、面試了好幾間公司後，才終於塵埃落定。

「出版社？」季永也開心到雙眼發光。

葆蒔用力點了點頭。

「哇哇哇哇～～」季永掩飾不住興奮，不顧他人眼光在街上大聲吼叫，接著抱起葆蒔用力旋轉：「太棒了！太棒了！」

「怎麼搞得好像是一副你找到工作的樣子？」葆蒔緊緊摟住季永的肩膀。

「那要怎麼慶祝呢？」好半晌，季永認真地說。

「也不一定要特別幹嘛啦，只是太開心了所以想跟你分享。」倒是葆蒔不太在意。

我在右邊
收藏
一句再見

「啊，那我帶你去一個地方。」

「又是建築？」葆蓀吐槽回去：「明明是替我慶祝，卻去你喜歡的地方，也太搞笑了。」

季永立刻展露出「被猜到了」的神情，一臉窘隨即改了口：「那……那我們去高級餐廳吃飯，你想吃什麼？」

「哈哈哈哈，」看到季永的表情，葆蓀忍不住大笑：「不鬧你啦，就去你說的那個地方吧。」

「就當作是暖身好了。」

「暖身？」

「對，正式慶祝前的練習。」

「比起慶祝什麼的，我更希望工作能順利。」葆蓀務實地說道：「其實我很緊張。」

「一定會的，放心、放心。」季永用力抱了葆蓀。

「被你這樣一說，好像真的會沒問題似的。」葆蓀耳朵貼在季永胸膛，聽著他左胸口傳來的心跳聲。

他們跳上了捷運，一路上季永都洋溢著開心的微笑。

怎麼感覺比我還開心呢？每次這樣想到，葆蓀就會用力握緊季永的手一次。而季永都只是笑著。

「台大？」抵達目的地時，葆蓀一臉疑惑，以為走錯地方了。

季永沒有回答，只是拉著她的手越過馬路，直到眼前出現一棟約莫三層樓高的建築物。

　　「到了。」

　　透明的方形建築被一根根白色的樹狀柱子圍繞著，而柱子的頂端則是像張開的蕈菇傘，由於顏色的關係，看起來也像是一朵朵的白雲；而包圍著建築的庭院草皮也呼應屋頂，被修剪成了一圈圈的圓形，看起來有點奇異卻也同時感覺到溫柔。

　　在台北居住了這麼久的葆蒔，從來都沒有發現這樣一棟建築的存在。她著迷地看著眼前這片有點魔幻的景象。

　　「這是『辜振甫先生紀念圖書館』。」

　　「原來是圖書館啊。」

　　「這棟建築不只是跟我有關，也跟你有關。」季永說：「裡面裝滿了書本，有天你編的書也會在裡面吧。」

　　葆蒔聽到這番話，感動得紅了眼眶。

　　「這是全台北我覺得最美的圖書館，是由建築大師伊東豐雄所設計。」季永一邊牽著葆蒔進到館內，一邊介紹著：「你看，是不是很像波浪？」

　　順著季永的視線，葆蒔看到了牆上的樓層配置圖，與多數布置採用棋盤式陳列不同，圖書館內的書架排列是一道道不規則的彎弧，像是沒有規則，卻又保有秩序。

「也很像草原。就像是從四面八方風吹過草原，葉子隨著擺盪的樣子。」

再進到裡面，原本在外包圍著建築的白色樹狀柱子，也布滿林立了整個閱覽室空間，由地板延伸到天花板，或遠或近，一列列的書架成了一道道褐色樹牆，一瞬間圖書館成了一座白色的森林。

喜歡書的葆蒔在書架間穿梭，徜徉在其中，她用指腹輕輕滑過書背，陽光穿過透明玻璃與書本間隙，從頂上、從側面隨著她移動的步伐而明明滅滅，葆蒔深陷在這夢幻感十足的氛圍裡。

「我們上去看看。」葆蒔沉浸在自己的世界裡，不知道過了多久，季永終於出聲。

「上去？」

「頂樓。」

最高樓層是三樓，可以俯瞰方才閱覽室的屋頂。屋頂一樣是大片的綠色，由白色線條框出同樣類似圓圈形狀，呼應著館外的草皮。若從空中鳥瞰，應該就像是一片片散落在水面的睡蓮葉子吧。

「綠色是人工草皮、白色則是加高的天窗，剛才在館內的光就是這麼來的。」季永解釋道。

「原來圖書館可以這麼有趣。」葆蒔不由得讚嘆。

「建築不無聊吧。」

「讓人無聊的從來都不是建築，是跟誰一起。」葆蒔眨了眨眼。

「那跟我無關。」季永聳聳肩。

「這麼有信心？」

「我的強項就是建築，還有⋯⋯」季永一臉自信：「喜歡你。」

「正經點。」葆蒔漲紅了臉。

「喜歡你一直都很認真啊。」

葆蒔踮起腳尖吻了季永。

陽光落在塵埃上閃爍著光芒，葆蒔將頭輕輕依在季永左肩，這些日子，她已經養成在左邊位置的習慣了。

「暖身差不多也該結束了。」不知道過了多久，季永突然這樣說，接著從口袋裡拿出一個信封遞給葆蒔：「恭喜你找到工作了。」

葆蒔有點驚訝地接過禮物，打開一看，裡頭是一張紙，上頭是一處室內空間的手繪線條圖：「你畫的？」

季永點點頭。

看得出來雖然是臨時倉促畫的，但卻一點也不隨便，該有的陳列都有，就連進門處的矮凳、窗台上的盆栽、牆上的相片⋯⋯都沒錯過，一個家該有的樣子都具備。

葆蒔抬起頭望著季永，一臉疑惑。

「這是以後我們要一起住的房子。」季永回報予溫柔眼神：「我會找一間房子布置成這個樣子，然後我們會在裡面生活。這是我的夢想。」

季永的話讓葆蒔深受感動，但仍是故作冷靜，她用信封拍了季永的額頭說：「為什麼說是給我的禮物，但卻是獎勵你？」

「因為你希望我開心啊。」季永撒嬌道。

「不然是要哭嗎？」葆蒔再次吐槽。

「哇哇啊哇嗚～～」季永順勢假裝嚎啕大哭，向葆蒔討拍，葆蒔則奮力閃躲他的擁抱。

兩個人的臉龐明亮，天空的藍天也輕飄飄的，樹上的枝枒剛剛才冒出來。

一年後的某天，季永神祕兮兮地說要帶葆蒔去一個地方。

「跟我走就對了。」他故作神祕卻掩飾不住興奮的樣子，葆蒔覺得既好笑又可愛。

大概又是一間什麼稀奇的建築吧，葆蒔忍不住這樣想。在一起的這一年多以來，除了季永左邊的位置之外，她也已

經習慣了他會帶著她去看各式各樣的房子了。因此後來也不會多問，只管跟著季永的步伐。

兩個人的關係不新不舊，但卻也開始篩選了一些多餘的提問，那些不斷問著「為什麼？」的日子逐漸被默契給取代，更多的是對眼前這個人的信任。

地點是位在城市的邊陲處，充滿了狹小的巷弄與陳舊的老房子，還有久違的雜貨小店。不只是建築，季永帶領她探索的更是這個自己居住了許久，但卻從未到訪過的地方。

「到了，就是這裡。」在經過幾條彎彎曲曲的小路後，季永停下腳步，眼神直視著面前的房子。

葆蒔順著他的視線抬起頭看，發現是一間四層樓高的老公寓，而且是尋常的那種，沒有特別的建築樣式、也沒有到古蹟該有的程度，她左思右想實在想不出所以然，只能投降。

「這次我放棄，我實在看不出它的特別之處？」

「給它一句讚美。」

葆蒔狐疑地望著季永，但看到他一臉洋溢著喜悅，只好配合：「嗯……看起來是一間溫柔的房子。」葆蒔看著充滿歲月痕跡、貼滿低彩度小瓷磚的公寓外牆，這樣的詞彙突然跳出她的腦海。

「好，」季永聽了笑著說：「這棟溫柔的房子，就是以後我們要生活的地方了。」

我在右邊
收藏
一句再見

「什麼?!」葆蒔發出一聲尖叫。

「欠你的禮物準備好了。」

季永拉著葆蒔的手走上二樓，推開公寓大門，灰藍色的牆面躍上眼簾，還有餐桌、矮凳、檯燈、復古皮沙發……一年前那張手繪的平面線條稿，此刻成了彩色立體的存在。葆蒔不可置信地看著眼前的一切。

這是一間兩房一廳的小公寓，向東的地方有成片透明窗戶，日出時陽光就會照進來。雖然是老房子，但季永已經整理過，也擺設了基本的家具，完全沒有破舊的氣味，更多的是一副等待的姿態。

等待著有人在這裡生活，將這裡裝滿日常。

「我特地為你留了很大一面書櫃，所以你沒有理由拒絕。」季永特地指了屋內其中一面牆，煞有其事地說：「你要負責喔。」

「好，我對『它』負責。」葆蒔故意將頭依靠在書櫃上，就像是平常對季永那樣。

「喂、喂、喂，」季永立刻黏到葆蒔身旁，指了指自己撒嬌地說：「買一送一啦。」

「可以換贈品嗎？」

「當然不行！」季永黏得更緊：「算了，你願意搬進來就好，對吧？你答應了對吧？」

「走開啦，好熱。」葆蒔一把推開他。

「哪會，氣溫才十五度。是春天、春天耶。」

「看到你我就熱了起來。」

「那是因為我熱情如火。」

「我沒說過怕熱嗎？……」

「你明明是怕冷……」

交往後一年又三個月，在明媚的春天裡，他們有了一個每天能夠互道早安與晚安的地方。他們不只是在彼此的生活裡，而是住進了彼此的生活。

早安。

晚安。

早安。

我在右邊
收藏
一句再見

前男友

——— 8 months ago

「啊——！」

葆蒔從房間出來，季永正窩在電視前打電玩，她隨手拿起擺在桌上的雜誌胡亂翻閱著，突然驚叫一聲，從沙發上彈跳了起來。

「發生什麼事？」季永正在打電玩，連頭都沒抬。

「這個、這個，」葆蒔衝到季永旁邊遞過一本雜誌，上頭標題寫著「台北老屋新生大獎」。

「喔。」季永瞄了一眼，繼續埋頭在電玩裡。

「有你的名字，你的名字在上頭啦。」葆蒔指著其中一頁，在「特別賞」的地方連同一起的設計團隊裡頭，出現了「闕季永」三個字：「得獎了、得獎了，好厲害。」

「那沒什麼啦。」季永語氣冷靜。

「怎麼會沒什麼？這超厲害的好嗎！」葆蒔興奮得手舞足蹈。

「還可以。」語調持續冰冷。

「等等……」面對季永冷靜的神情，葆蒔突然覺得不對

勁，她衝到季永面前擋住電視螢幕，直直盯著他看。

「不要擋電視啦。」季永一把撥開葆蒔，但立即她又跑了回來繼續擋住。

盯著他。

「幹嘛啦，我難得可以偷閒打電動耶。」

盯著他。

「有鬼。」

盯著他。

「什麼啦，你才是鬼啦，擋電視鬼。」

盯著他。

「你早就知道了？」

盯著他。

「……」

盯著他。

「對吧？」

盯著他。

「……」

「對吧？對吧？對吧？對吧？」葆蒔緩緩逼近季永，他的身體隨著她的壓迫緩緩向後傾，終於忍不住笑了出來。

「哈哈哈哈哈哈……」季永笑倒在地上。

「果然是這樣，你才是炫耀鬼，故意把雜誌擺在桌上。」

葆蒔睜大眼睛瞪著他。

「你的男朋友很棒吧。」季永眨了眨眼睛，一把將葆蒔拉到懷裡。

「哎，我好想念他喔。」葆蒔推開季永，突然蹦出這樣一句話。

「誰？」

「哎，都過去了……」

「到底是誰？你想誰？」季永抓著她問。

「就……」葆蒔別過頭去，欲言又止。

「前男友？」

「嗯……」葆蒔輕輕點了點頭。

季永聞言心臟像是被人狠狠打了一拳，沉默不語。

「我好想念他，」葆蒔偷偷瞄了季永一眼，看到他正經思考的表情，終於忍不住笑了出來：「我好想念以前那個謙虛正直的闕季永喔，可惜他已經不在了，哎。」

「吼──」季永發出吼叫：「差點被你嚇死，我都在想要怎麼說你前男友的壞話了！」

「你剛剛是在想這個？」

「對啊，不然？」

「哈哈哈哈哈，你太可愛了，」葆蒔大笑，拍了拍季永的額頭：「我的炫耀鬼。」

「對，我是你的炫耀鬼。」季永一把抱住葆蒔。

「我想去看那棟房子。」葆蒔提議道。

「那走吧。」季永回應。

「走吧。」葆蒔應允。

得獎的建築是一間名為「峰仁藥局」的老藥局。

位在萬華的老社區裡，門面是大片的落地透明玻璃，一眼就可以望到裡頭三面牆立滿了古董櫥櫃，上頭密密麻麻擺了各式藥品，外牆是抿石子、地板則是磨石子，褐色調的小店散發著柔和的光線。

「不說的話還以為這是一間時髦的文青咖啡店。」葆蒔讚嘆著。

與季永交往之後，葆蒔才發現其實建築更多的是一種顛覆，不是建築樣式的變化，而是改變你原本對一件事物固定的看法，像樹林的圖書館、像咖啡廳的藥局。

建築會打造出我們所處世界的樣貌，並且持續更新我們對生活的想像。

「我一直相信每間老房子裡頭都住著自己的靈魂。老屋翻新並不是要追求新，更重要的是如何保留舊，如何擦亮房子的靈魂。」季永望著藥局這樣說，眼神裡有一種神聖：「果然還是老房子最棒了。」

「老房子的靈魂⋯⋯」葆蒔有點崇拜地看著季永，這也才想起，他們現在住的房子也是舊公寓。

　　一進到店內，藥局老闆熱情地與季永打招呼，葆蒔則是自顧自地參觀起藥局。

　　店面不大，幾乎一眼就可以看遍，峰仁藥局有種純粹感，牆上沒有張貼琳瑯滿目的藥品海報，取而代之的是藥局舊時代的相片，也沒有許多藥局兼賣的生活用品，只有藥品，是一間全然的藥局。裡頭還養了一隻橘貓，正怡然自得地躺在倚著玻璃窗的長椅上。

　　「牠叫『油條』。」季永出現在身後說道，正當葆蒔準備有所反應的時候，卻見季永熱情地抱起牠：「油條好久不見啦，好想你喔。」

　　眼前的景象讓葆蒔傻住，季永是怕貓的啊！

　　「你不是怕貓⋯⋯?!」

　　「不是怕，是不想跟牠們對到眼。」季永再次解釋，邊一派輕鬆逗弄起油條。

　　「那你現在手上的是什麼？」葆蒔像是看到什麼異象一樣目瞪口呆。

　　「油條啊。」繼續玩貓。

　　「貓，牠是貓。」葆蒔正色道。

　　「跟你說個祕密，」季永一臉認真，抱起油條到葆蒔面

前：「我覺得油條是狗。你看牠的眼睛，沒有祕密。是狗的眼睛。」

「什麼狗……明明是貓……」

「油條是狗的靈魂，就跟房子都會有自己的靈魂一樣。」

「歪理，房子是房子，貓不會有狗的靈魂！」葆蒔拒絕接受。

「你看牠的眼睛就會知道。」季永再次將油條舉高跟葆蒔對眼。

「我有看了，我不知道……」

「那是你沒慧根。」季永聳聳肩表示不在乎，繼續跟油條玩。

季永的詭辯讓葆蒔啼笑皆非，但看到他跟油條玩得不亦樂乎的樣子，也心生趣味，跟著也加入逗貓的行列。

「喂，聽說你是狗，是嗎？」葆蒔抱起油條問道，牠只是回報以「喵」一聲。

我在右邊

收藏

一句再見

你要好好照顧自己
—— right now

　　一陣風從塞納河上颳了過來，葆蒔拉緊了身上的衣服，將下巴縮進去大衣裡頭，繼續沿著河岸走，光禿禿的枝椏像是在天空織了張密密麻麻的網。

　　在巴黎的這幾天，她的手上總是戴著兩只顏色與材質都不一樣的手套，由於款式差異太大，一看就知道不是一雙。一灰一藍、一毛織一皮製，就連要說是刻意造型也有點牽強。可是葆蒔仍是隨身攜帶著。

　　這是季永少數的遺物。

　　他們同居之後一起度過的那個春天異常寒冷，接連幾波寒流接力般來襲，整座城市像是冰櫃一樣的凍，衣服怎麼穿都不暖。知道葆蒔怕冷，季永還特地搬了三台暖爐圍繞著她的工作桌，讓她改稿校對時手不會凍僵。

　　「好像被什麼外星生物包圍了。」看到三台高矮胖瘦形狀不一的暖爐，葆蒔感動之餘還是忍不住吐槽。

　　「是被我的愛包圍啦。」季永一臉笑呵呵手比愛心。

　　當時葆蒔已經進入職場一年多，編輯的工作從一個全新

的體驗到已經能夠遊刃有餘，校對、寫文案、開會、聯繫作者……日子過得充實而忙碌，遇到趕稿期時，晚上也會將稿子帶回校對。而季永的工作更加忙碌，不過多數是在事務所裡完成，時常深夜才回來，卻鮮少將工作帶回家裡。

雖然各忙各的，但每天總能碰上面，即便只是說上幾句話，都像是完整了一天。上班、下班、吃飯、書籍、建築、電影、展覽，日子如常，卻牢固牽繫著彼此。

鈴──鈴──

「喂，什麼事？」接到季永電話時，葆蒔正在替新書的封面選紙。

她在辦公桌上翻開一本紙廠送來的厚重紙樣，仔細判斷紙的紋路與觸感。琳瑯滿目的紙樣被剪裁成一小張一小張，整齊地排列在頁面上，一旁則是標示了紙名與磅數。

「今天幾點下班？」季永調整了頭上的白色工程帽好讓手機更接近耳朵，背景隱約傳來敲打牆壁的聲音，他正在工地監工。

「應該可以準時下班。」葆蒔瞄了一下時鐘，已經接近下班時間了：「怎了？」

「我今天工作可以提早結束，想說去找你一起下班。」

「不用啦，我們家裡見就好啦。」

「沒關係，我難得早下班，待會兒見。」季永聽到同事呼喊他的聲音，匆匆掛掉電話，轉身拿起平面系統圖與師傅討論。

葆蒔迅速地挑完紙樣，接著攤開印刷廠送來的封面打樣，仔細校對起來：「條碼，打勾；書號，打勾；價錢，打勾；出版社 logo，打勾……」她口中唸唸有詞，逐一確認全書封上頭必要的資訊，最後才是文案，這是她這一年來所養成的工作流程。

葆蒔沉浸在文字當中，直到發現周圍同事開始離開時，才驚覺已經到了下班時間，她快速將桌上的稿子收進牛皮紙袋後，急急忙忙地跑下樓。一出大門便看見季永站在一側等待她，一手拿著一個大環保袋、另一手則是一杯飲料。

「對不起，看稿看到忘了時間。」

「還是熱的。」季永笑著搖了搖頭，同時把手上的飲料遞出。

「謝謝。」葆蒔將手上的牛皮紙袋換到左手，以右手接過熱飲並啜了一口，是紅茶：「好棒啊。」

兩人並肩往捷運方向走，天已經全黑了，路燈將影子曬出了長長的痕跡。行走間，季永突然轉換了位置，彈跳到葆

我在右邊

收藏

一句再見

蒔左側，她望了一眼右前方，果然發現角落有一隻貓。

季永怕貓

「真不知道為什麼會怕貓？很可愛啊。」葆蒔取笑他。

「我不是怕貓，是不想跟牠對到眼。」季永認真解釋，接著又說：

「感覺貓藏有很多祕密。」葆蒔跟他一起說出這句她聽過不下數十次的話。

「是真的，我覺得牠們趁我們不注意的時候，都在密謀些什麼。你看牠們的眼睛就知道。」

「你不是不敢跟牠們對到眼，怎麼會知道牠們眼睛藏有祕密？」葆蒔再次吐槽。

「以前，我說的是以前。」

「強詞奪理。」葆蒔笑他，然後看到季永手上的環保袋沉甸甸的，問道：「要煮菜？」

「紓解壓力。」季永把手上袋子拿高晃了晃說道，經過貓後便換回他的老位置：「不管是做菜還是上市場都讓人好開心，我有買魚。」

「耶，有魚可以吃了。」葆蒔歡呼著。

「晚上要改稿？」季永看了葆蒔手上的牛皮紙袋反問，這已經是她預備要挑燈夜戰的標配。

「這個月的新書下週就要開放預購了。」

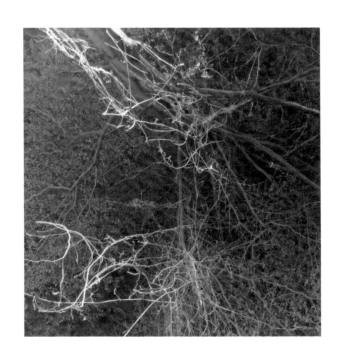

我在右邊

收藏

一句再見

「暖爐大軍隨時候命。」

「麻煩它們了，今年春天真的超冷。」

「怎麼只有一只手套？」季永疑惑地發現葆蒔只有左手戴上了手套。

「因為我都站在你的左邊，右手可以插進你的口袋啊。」葆蒔眼睛眨了眨，這是她不正經時的表情。

「弄丟了？」季永再問。

「早上出門時就發現找不到了，不知道丟在哪了？」葆蒔聳聳肩絲毫不在意：「一只也可戴，沒關係啦。」

「戴我的。」季永從背包翻出一只藍色皮質手套遞給她：「左手……右手是這只。」

「那你怎辦？」

「你比較怕冷啊。」季永邊說邊替葆蒔套上。

「太大啦。」葆蒔搖了搖手說：「感覺可以再裝進去另外一隻手。」

「要我試試嗎？」季永舉起自己的右手認真詢問。

「笨蛋嗎？」葆蒔用戴著藍色手套的手拍了他的額頭。

「明明是你提議的……」

「笨蛋。」

那句親暱的「笨蛋」還言猶在耳，但此刻只剩下一只藍色的手套包裹著那天的記憶。

他們一起生活了一個春天，接著夏天來臨了、季永生病了；然後秋天到了、季永離開了。

　　告別式結束的隔天早上，突然門鈴大作並伴隨著敲門聲，葆蒔癱軟在被單裡不打算應門，無奈門鈴聲益發激烈，最後不得已只好起身。

　　一打開門，是季永媽媽。

　　「伯母？」

　　「我可以進去嗎？」

　　「當然、當然。」葆蒔趕緊開了門，隨即意識到自己的邋遢與一屋子的凌亂，一陣窘迫襲來。自從季永生病之後，她有空閒時間就往醫院跑，根本沒有整理住家。

　　「伯母怎麼會來？」葆蒔疑惑地問，跟著發現一起來的還有子浩。

　　「想說來幫你整理東西。」季永媽媽和藹地說。

　　「整理東西？」

　　「嗯，季永留下的東西，他不在了，總要有人幫他收拾一下。」季永媽媽邊說邊打量室內，試圖判斷物品歸屬：「一直霸占著你的空間也不好。」

　　轟──葆蒔突然感覺腦門被狠狠敲了一記，方才朦朧的

狀態立刻就清醒了過來。

「我會自己整理，沒關係，不用麻煩伯母了。」葆蒔趕緊上前阻止。

「我知道你會。」季永媽媽拍了拍葆蒔的手臂，但仍逕自開始整理東西：「這是季永的嗎？」

葆蒔轉頭向子浩求救，然而他也是一副無可奈何的神情。

「子浩？」季永媽媽再次喊了他的名字。

「對，那應該是季永的東西。」子浩趕緊回應。

「子浩可以幫我一下嗎？」季永媽媽一邊說著，一邊將物品裝進去大提袋裡。子浩再給了葆蒔一副為難的表情，用唇語說著「我沒辦法阻止」，接著轉身開始協助收拾東西。

「伯母，我真的會自己整理……」

「我只會帶走季永私人的東西。」季永媽媽的語氣有種不容拒絕的果斷。

「什麼是季永私人的東西？」葆蒔情緒突然潰堤，口氣急促：「這些東西都是我們共有的，沒有什麼他的我的！」

季永媽媽沒有停下手上的動作，繼續收拾。

葆蒔衝過去一把搶過她手上的提袋，拿出裡頭的東西一邊哭著一邊說道：

「這是我們第一次約會時他穿的衣服、這是我們去約會後買的書、這是他生日我送他的禮物、這是去年我們一起去

看展買的紀念品……這些都是我跟他的回憶，嗚……嗚……」

　　子浩對葆蒔突如其來的情緒一時反應不過來，只能走過去輕拍蜷縮著哭泣的她。

　　「可不可以不要拿走它們……嗚……嗚……可不可以……」葆蒔埋在雙臂中不斷啜泣。

　　「阿姨……」子浩向季永媽媽求情。

　　「這個是季永的嗎？」可她卻仍是埋著頭自顧自地繼續收拾：「子浩？」

　　「……是。」

　　葆蒔不明白為什麼季永媽媽突然這麼做，在醫院的時候她們時常相處聊天，在葆蒔眼中她一直是個和善的人。而此刻的行為一點都不像她所認識的人。

　　「你要好好照顧自己。」不知道過了多久，季永媽媽吐出了這句話。

　　葆蒔抬起頭淚眼看著她。

　　季永媽媽卻只是面無表情地望著她，不一會兒便轉身離開公寓。

　　原本感覺溫馨熱鬧的空間，頓時像是少了靈魂一樣空洞。大多數物品都還在，家具、書櫃、桌燈……這些營造出家的氣氛的大型家具都仍待在原位，被帶走的只有相較下細小的物件，乍看下還是原本的那間公寓，可是氣氛卻明顯不同了。

一　收　我
句　藏　在
再　　右
見　　邊

那種這裡曾有兩個人生活過的痕跡被抹去了，現在只剩下擺設的殼子。

　　而此時，葆蒔坐在巴黎街邊呆看著手上的藍色手套，恍恍惚惚地想起以前。至今一切仍有種不真實感，一如季永的離去。

　　那天季永媽媽帶走了多數季永的私人物品，當時葆蒔才發現，原來要區分你的我的是如此簡單的事。

　　兩個人在一起再如何深刻，終究只是兩個人的事。

　　一直到準備出發到巴黎之前，葆蒔才從冬衣外套裡發現了這只季永的手套，她還抱著它大哭了一場。她怎麼也沒想到，屬於自己與季永回憶的憑藉會成為稀有的珍貴。

　　當時她憤恨著季永媽媽，責怪著她的殘酷。然而自從與齊阿姨說過話之後，結突然被解開了。

　　「留下的人都要好好的。」

　　葆蒔想起齊阿姨溫暖的叮囑，此刻也多少明白了季永媽媽的心情。其實每個人都是用自己的方式在幫助她前進。所謂的「對人好」，其實是因人而異。

　　「你要好好照顧自己。」

　　縱使感覺到苦痛，並不表示不善良。

注：此文為《你在左邊放了一句再見》番外篇小說，葆蒔與季永的故事同時也在那裡奔跑著。

每每想起，
記憶裡的你始終清朗。

國家圖書館出版品預行編目資料

無法成為你期待的樣子，我不抱歉 / 肆一著 . --
臺北市：三采文化股份有限公司 , 2021.08
　面；　公分 . --（愛寫；50）

ISBN 978-957-658-577-7（平裝）

863.55　　　　　　　　110008409

愛寫 50

無法成為你期待的樣子，我不抱歉

作者｜肆一　　攝影｜肆一、Sasha Hung
副總編輯｜王曉雯　　執行編輯｜鄭雅芳
美術主編｜藍秀婷　　封面設計｜Bianco Tsai　　版型設計｜藍秀婷　　內頁排版｜Claire Wei
行銷經理｜張育珊　　行銷企劃｜呂秝菅　　封面影像處理｜林子茗

發行人｜張輝明　　總編輯｜曾雅青　　發行所｜三采文化股份有限公司
地址｜台北市內湖區瑞光路 513 巷 33 號 8 樓
傳訊｜TEL:8797-1234　　FAX:8797-1688　　網址｜www.suncolor.com.tw
郵政劃撥｜帳號：14319060　　戶名：三采文化股份有限公司
本版發行｜2021 年 8 月 27 日　　定價｜NT$380

著作權所有，本圖文非經同意不得轉載。如發現書頁有裝訂錯誤或污損事情，請寄至本公司調換。 All rights reserved.
本書所刊載之商品文字或圖片僅為說明輔助之用，非做為商標之使用，原商品商標之智慧財產權為原權利人所有。